1104

Für *Ich hätte Nein sagen können* wurde Annika Thor mit dem höchsten schwedischen Literaturpreis, dem August-Preis, ausgezeichnet; in Deutschland kam das Buch auf die Auswahlliste zum Deutschen Jugendliteraturpreis.

Annika Thor

Ich hätte Nein sagen können

Roman

*Aus dem Schwedischen von
Angelika Kutsch*

EIN **GULLIVER** VON **BELTZ & GELBERG**

Ebenfalls lieferbar: »*Ich hätte Nein sagen können*« *im Unterricht*
in der Reihe *Lesen – Verstehen – Lernen*
ISBN 978-3-407-62562-5
Beltz Medien-Service, Postfach 10 05 65, 69445 Weinheim
Download: www.beltz.de/lehrer

www.gulliver-welten.de
Gulliver 1104
© 1998, 2006 Beltz & Gelberg
in der Verlagsgruppe Beltz · Weinheim Basel
Alle deutschsprachigen Rechte vorbehalten
Die schwedische Originalausgabe erschien u.d.T.
Sanning eller konsekvens bei Bonnier Carlsen Bokförlag AB, Stockholm
© Annika Thor 1997
Published by Agreement with TransBooks AB, Stockholm
Aus dem Schwedischen von Angelika Kutsch
Neue Rechtschreibung
Markenkonzept: Groothuis, Lohfert, Consorten, Hamburg
Einbandgestaltung: b3K Hamburg – Frankfurt
Einbandbild: Jutta Bauer
Gesamtherstellung: Druck Partner Rübelmann, Hemsbach
Printed in Germany
ISBN 978-3-407-74104-2
6 7 8 9 10   13 12 11 10 09

Ich begreife nicht, wie es so kommen konnte. Das hab ich nicht gewollt, denke ich und merke selbst, wie blöd das klingt. Als ob ich drei Jahre alt wäre und gerade einer Freundin ein Spielzeug auf den Kopf gehauen hätte und nicht begreifen könnte, warum sie heult.

Aber ich werde bald zwölf und begreife es sehr wohl. Ich weiß, was ich getan habe. Wobei ich mitgemacht und was wir Karin angetan haben. Aber ich begreife nicht, warum ich nicht nein gesagt habe.

Ganz einfach nein, als Fanny und Sabina Karin und mich zu der Fete eingeladen haben. »Nein, ich will nicht«, hätte ich sagen können.

Aber das habe ich nicht getan.

Sie wird mir nie verzeihen.

Prolog

innerer Monolog: Selbstgespräch, bei dem sich die Figur aus den Beziehungen zu den anderen Personen herauslöst und individuelle Gefühle und Einstellungen preisgibt

Nora: Ich Erzählerin
(Protagonist (Hauptperson))

Einen Freund wie dich sollte jeder haben

Als die Schule nach den Sommerferien wieder anfing, war ich krank. Kalle hatte Anton und mich mit Windpocken angesteckt; wir hatten noch keine Windpocken gehabt und durften erst wieder in die Schule, als die Pocken eingetrocknet waren. Normalerweise macht mir die Schule keinen besonderen Spaß. Außer in Sport bin ich in nichts gut und in Mathe kapier ich gar nichts mehr.

Aber jetzt hatte ich richtige Sehnsucht nach der Schule. Anton und ich waren den ganzen Juli über bei Papa in Dalarna gewesen, und als wir nach Stockholm zurückkamen, war Sabina im Ferienlager. Deshalb hatten wir uns zwei Monate nicht gesehen. Zwei Monate sind eine lange Zeit, wenn man sonst jeden Tag zusammen ist.

Ich hatte mir gewünscht, dass Sabina uns in Dalarna besuchen sollte, aber das wollte Papas neue Freundin nicht. Wahrscheinlich wollte sie Anton und mich auch nicht dort haben, aber das hat sie sich Papa wohl nicht zu sagen getraut.

Ich hatte Sabina zwei Briefe aus Dalarna geschrieben, aber eine richtige Antwort hab ich nicht bekommen. Daran war aber nichts Besonderes, Sabina schreibt eben nicht gern. Sie hat mir immerhin eine Ansichtskarte aus dem Ferienlager geschickt. Darauf waren zwei junge Hunde, die ihre Köpfe dicht zusammensteckten. »Einen Freund wie dich sollte jeder haben« stand darunter. Geschrieben hatte sie nicht viel, nur dass das Wetter schön war und dass sie die ganze Zeit badeten und solche Sachen.

Jedenfalls musste ich noch eine Woche zu Hause bleiben, als die Schule schon angefangen hatte, es war furchtbar, die Windpocken juckten und Anton nervte wie gewöhnlich. Mama bekam Kopfschmerzen, und Kalle wollte nicht in den Kindergarten, solange Anton und ich zu Hause waren. Ich versuchte Sabina anzurufen, aber das Telefon war abgestellt. Es ist oft abgestellt, dann hat ihre Mama mal wieder die Rechnung nicht bezahlt.

Meine Windpocken trockneten schneller aus als Antons. Das geschah ihm recht, weil er immer so nervte. Am ersten Tag ging ich viel zu früh los. Ich war um Viertel vor acht in der Schule, der Unterricht fing erst zehn nach an. Der Schulhof war noch ganz leer, noch nicht mal die Erstklässler mit ihren giftgrünen und rosa Kappen und den zu großen Rucksäcken waren da.

Ich hangelte mich auf das Klettergerüst und setzte mich zurecht. Ich klettere gern, und von da oben hatte ich beide Schulhofeingänge im Auge. Aber ich wusste ja, dass Sabina von der Gotlandstraße kommen würde, in der Richtung wohnt sie.

Nach einer Weile kamen sie, zuerst die Kleinen und dann die Größeren. Ich wollte nicht, dass mich jemand sah, ich meine, jemand von meinen Klassenkameraden. Ich wollte allein sein, wenn Sabina kam. Es war schon so lange her und ich hatte

jede Menge mit ihr zu besprechen. Hoffentlich kam sie nicht zu spät.
Ich saß ganz oben im Klettergerüst und aß Bonbons aus einer Tüte, die ich auf dem Weg zur Schule bei Ismet gekauft hatte. Dann hing ich eine Weile an den Kniekehlen. Es ist lustig, wenn alles auf dem Kopf steht, Häuser, Bäume, Menschen und die Autos draußen auf der Straße. Es war, als ob die ganze Welt auf dem Kopf stände, und nur man selber war noch richtig herum.
Jetzt ist die ganze Welt umgekippt, und das ist überhaupt nicht lustig.
Während ich dort hing, näherte sich jemand. Wenn man so über Kopf hängt, ist es schwer, jemanden zu erkennen, aber ich sah, dass es Karin war. Niemand sonst trägt so hässliche Klamotten wie sie. Und niemand in der Sechsten hat solche gewaltigen Brüste.
»Guck mal, was für Oschis!«, hatten die Jungen schon in der Vierten im Flur gesagt und sich gegenseitig angestoßen, wenn Karin ihre Jacke auszog. Dann waren ihre Brüste noch mehr gewachsen, und jetzt waren sie so groß, dass es nicht mehr hübsch war, nicht mal, wenn sie andere Kleider tragen und aufhören würde, so krumm zu gehen.
Diese Riesenbrüste hatte ich vor der Nase, als ich in den Kniekehlen am Klettergerüst hing.
»Hallo«, sagte Karin. »Bist du krank gewesen?«
Ich richtete mich auf.
»Ja«, sagte ich und guckte in eine andere Richtung. Zur Gotlandstraße. Warum kam sie bloß nicht, Sabina!

Karin blieb stehen.
»Möchtest du ein Bonbon?«, fragte ich.
»Ja, bitte.«
Ich holte eins aus der Tüte und hielt es zwischen Daumen und Zeigefinger, reichte es ihr. Aber als sie das Bonbon nehmen wollte, zog ich die Hand zurück, so dass sie nicht heranreichte. Ich wiederholte es zweimal, und dann ließ ich das Bonbon in den Sand unter dem Klettergerüst fallen.
»Nimm's doch«, sagte ich.
Karin sah traurig aus. Aber sie blieb stehen.
Da kam Sabina.
Ich sah sie schon von weitem, erkannte sie an der Art, wie sie ging und wie das schwarze Haar um ihre Schultern wippte. Es war noch länger geworden. Sie sah eigentlich aus wie immer, und doch war etwas anders.
Sie trug enge Jeans und ein weißes Shirt. Das war so kurz, dass man ein Stück von ihrem braun gebrannten Bauch sah. Im Gürtel steckte ein Walkman und in den Ohren Kopfhörer.
Ich richtete mich schwankend auf und winkte.
»Sabina!«, rief ich. »Hallo, Sabina!«
Sie hörte mich nicht. Wahrscheinlich hatte sie die Musik zu laut eingestellt. Sie ging einfach vorbei am Klettergerüst. Ich drehte mich um.
Da standen sie und küssten sich auf die Wangen.
Sabina und Fanny.
Dann hängte sich Sabina bei Fanny ein, nahm die Hörer heraus, und sie gingen zusammen über den Schulhof, die Köpfe dicht beieinander. Wie die jungen Hunde auf der Karte, die

Sabina aus dem Ferienlager geschickt hatte. *Einen Freund wie dich sollte jeder haben.*

In meinem Kopf ging es im Kreis, in der Brust brannte es, und ich hatte ein Gefühl, als würde ich fallen. Aber ich hielt mich mit beiden Händen fest, so fest, dass die Fingerknöchel weiß wurden.

Es klingelte. Ich blieb sitzen.

Karin blieb bei mir stehen.

»Es hat geklingelt«, sagte sie. »Kommst du?«

Da sprang ich hinunter in den Sand, landete in der Hocke und sprintete los.

»Hau ab!«, schrie ich, als ich an Karin vorbei auf den Eingang zulief.

Wie konnte sie?
Sie hatte mich vergessen. Innerhalb von zwei Monaten hatte sie vergessen, dass wir zehn Jahre lang die besten Freundinnen gewesen waren, schon vom Kindergarten an.
Sabina und ich.
Klar, sie konnte nicht ahnen, dass ich gerade an diesem Tag wieder zur Schule kommen würde. Wenn sie es gewusst hätte, hätte sie vielleicht nach mir Ausschau gehalten auf dem Schulhof. Aber als sie auf Fanny zuging, wirkte das ganz selbstverständlich, so, als ob die beiden schon eine Ewigkeit zusammen gewesen wären.
Sabina und Fanny. Nicht Sabina und ich.
Wie konnte sie?!

Jetzt hören wir zusammen Musik ...

Jeden Morgen sammeln wir uns bei Musik. So machen wir es schon seit vier Jahren. Meistens wird nicht gesungen, Geigen- oder Klavier- oder Flötenmusik schwebt über der staubigen Luft in der Klasse. Manchmal ist es ein ganzes Orchester. Dagegen habe ich nichts. Es ist auf jeden Fall besser als Mathe.
Nur was danach kommt, wenn Gunilla das Tonbandgerät abgeschaltet hat, gefällt mir nicht. Dann sollen wir erzählen, woran wir beim Zuhören gedacht haben. Die Musik soll bei uns Gedanken an Wälder, Berge und rauschende Wasserfälle auslösen. Oder an den ersten Sonnenstrahl, der an einem Sommermorgen durchs Fenster hereinfällt. So was.
Woran ich dabei denke, ist etwas, worüber ich nicht reden möchte. Das ist privat.
An diesem Tag gab es Flötenmusik und ich dachte an Sabina. Ich überlegte, was sie in der Stadt getrieben haben mochte, nachdem sie aus dem Ferienlager zurückgekommen war.
Und ob Fanny dabei gewesen war.
Sabina sitzt schräg hinter mir in der Klasse. Neben mir sitzt Jonas. Bei uns ist es üblich, dass immer ein Mädchen und ein Junge nebeneinander sitzen. Gunilla findet, sonst schnattern wir zu viel. Sie sagt immer schnattern statt reden.
Jetzt tippte Sabina mir auf die Schulter. Ich drehte mich um.

Sie lächelte ein wenig und reichte mir einen zusammengefalteten Zettel.
Sie will mir alles erklären, dachte ich. Vielleicht entschuldigt sie sich auch, dass sie mich nicht gesehen hat auf dem Schulhof.
»Ist schon in Ordnung«, wollte ich gerade flüstern, als sie sich noch weiter vorbeugte und zischte: »Für Fanny. Gib's weiter.«
Sie hatte die Hörer in den Ohren. Es war also sinnlos, mit ihr reden zu wollen. Den Walkman hatte sie unter die Tischplatte gelegt, damit Gunilla ihn nicht sah, und die Kabel hatte sie unter ihren langen Haaren versteckt.
Fanny sitzt links von Jonas. Sie guckte mich schon an, sie wusste von dem Zettel. Ich lehnte mich über Jonas' Bank und gab ihr den Zettel. Sie faltete ihn auseinander, las, lachte ein wenig und schrieb etwas auf die Rückseite. Dann faltete sie ihn wieder zusammen. Aber sie gab ihn nicht mir, sondern warf ihn Sabina zu.
Sie verfehlte ihr Ziel. Der Zettel landete ungefähr einen Meter entfernt von Sabinas Platz auf dem Fußboden. Sabina bückte sich und streckte den Arm aus, um ihn aufzuheben. Der Zettel lag so weit entfernt, dass Sabina den Stuhl kippen musste, damit sie ihn erreichte.
Gunilla stellte das Tonbandgerät mitten in der Flötenmusik ab. Jemand seufzte. Das musste Karin gewesen sein.
»Sabina! Was treibst du da? Kannst du nicht still sitzen?«
Gunillas Stimme klang scharf. Sie kann es nicht leiden, wenn es morgens bei der Musik nicht mucksmäuschenstill ist.

»Nichts«, murmelte Sabina. Jedenfalls hatte sie den Zettel erwischt und in ihren Turnschuh gesteckt. Wenn Gunilla mitkriegt, dass wir Zettel schreiben, schnappt sie sie sich manchmal, und wenn sie schlechte Laune hat, liest sie sie der Klasse laut vor.
Jetzt stand sie neben Sabinas Platz. Und bemerkte die schwarzen Kabel, die sich von Sabinas Ohren hinunter unter die Tischplatte ringelten.
»Wie oft hab ich dir schon gesagt, dass du im Unterricht keinen Walkman hören sollst? Jetzt hören wir zusammen Musik, kapiert?«
Es gibt niemanden, der das Wort zusammen so aussprechen kann wie Gunilla. Man kriegt Lust, sich allein in einem Schrank einzuschließen.
Sie streckte die Hand aus und versuchte Sabina den Walkman wegzunehmen. Sabina presste die Hände gegen ihre Ohren.
»Du darfst mich nicht anfassen. Da gibt es ein Gesetz«, sagte sie.
»Nimm die Hörer raus, sonst schick ich dich zum Direktor!«, brüllte Gunilla.
Sabina nahm die Hörer heraus und legte sie auf den Tisch. Die Musik war an meinem Platz deutlich zu hören. Es war ein Song von irgendeinem italienischen Sänger.
Gunilla hob die Tischplatte an und stellte Sabinas Walkman ab. Dann nahm sie ihn mit und kehrte an ihren Tisch zurück.
»Was machst du da, das ist meiner!«, protestierte Sabina, obwohl sie wusste, dass sie ihren Walkman am Ende des Unterrichts wiederkriegen würde. Es war nicht das erste Mal.

»Holt eure Mathebücher raus«, sagte Gunilla.
Fanny meldete sich.
Gunilla mag Fanny, obwohl sie häufig widerspricht und kritisiert. Wahrscheinlich, weil Fanny so gut in der Schule ist.
»Ja, Fanny?«
»Hören wir die Musik nicht zu Ende?«
An einem anderen Tag hätte Gunilla das Tonbandgerät vielleicht wieder angestellt. Aber heute nicht.
»Nein. Schlagt Seite elf auf.«
Aber jetzt hatte Fanny etwas ausgelöst, was nicht mehr zu stoppen war. Emil wedelte mit der Hand.
»Dürfen wir nicht mal sagen, woran wir gedacht haben?«
Gunilla seufzte. »Doch. Woran hast du gedacht?«
»An nichts«, sagte Emil und alle lachten.
»Hat jemand an etwas gedacht?«, fragte Gunilla.
Karin war die Einzige, die sich meldete.
»Die Flöte klang ein bisschen traurig. Besonders im mittleren Teil. Es klang, als ob sie etwas wollte, aber sich nicht richtig traute. Dann wurde es irgendwie heller. Schade, dass wir das Stück nicht zu Ende hören durften.«
Jetzt kicherten fast alle hysterisch. Außer Karin; sie wollte natürlich nicht witzig sein. Sie spielt selber Flöte, in der Musikschule. Vor den Sommerferien hatte sie auf dem Abschlussfest gespielt.
Tobbe wedelte mit dem Arm und rief: »Ich! Ich!«
»Bitte, und woran hast du gedacht?«, fragte Gunilla, und es klang, als ob sie sich nicht vorstellen könnte, dass Tobbe überhaupt fähig war zu denken.

»An ein Zimmer mit ganz viel rotem Stoff. In der Mitte ein großes Wasserbett. Und in dem Bett ein nacktes Mädchen.«
Jetzt heulten die Jungen vor Lachen, auch viele der Mädchen. Ich fand das allerdings nicht besonders witzig. Karin wurde rot und sah aus, als ob sie gleich anfangen würde zu weinen.
»Seite elf«, sagte Gunilla. »Wir nehmen noch einmal Prozentrechnen durch.«

Jeden Morgen sammeln wir uns bei Musik, habe ich gesagt. Jeden Morgen seit der vierten Klasse. Zwei ganze Jahre und zehn Wochen, seit die Schule wieder angefangen hat. Wie viele hundert Morgen sind das? Ich weiß es nicht, ich rechne ja nicht gern.
Aber nicht an diesem Morgen. Zum ersten Mal, seit Gunilla unsere Lehrerin war, sammelten wir uns nicht bei Musik. Heute war nichts wie sonst. Wie würde es erst werden nach dem, was Freitag bei Fanny auf der Fete passiert ist?
Kann es überhaupt wieder so werden wie sonst?

*Sabina und Fanny,
Tobbe und Emil – und ich*

Schließlich klingelte es, und alle fingen an, mit ihren Tischplatten zu klappern. Gunilla rief, wir sollten raus auf den Schulhof gehen und nicht im Korridor rumhängen.
Karin blieb an ihrem Platz sitzen.
»Kannst du bitte die Tafel abwischen, Karin«, sagte Gunilla, »und den Blumen Wasser geben?«
»Warum darf sie dauernd drinnen bleiben?«, maulte Fanny. »Das ist ungerecht.«
»Das Leben ist nun mal nicht gerecht«, sagte Gunilla kurz.
Ich versuchte Sabina auf der Treppe einzuholen, aber ein Pulk kleiner Jungen war mir im Weg, und Sabina und Fanny waren mir immer eine halbe Treppe voraus. Unsere Klasse ist im obersten Stockwerk, drei Treppen rauf.
Sie wartete nicht auf mich, obwohl wir uns zuletzt vor den Sommerferien gesehen hatten. Sie hatte immer noch kein Wort mit mir geredet, außer dass ich Fanny den Zettel geben sollte. Nicht gefragt, wie es mir ergangen war. Sich nicht für die Briefe bedankt.
Nichts.
Als ich auf den Schulhof kam, entdeckte ich sie vor dem Esssaal.

Da standen sie und lehnten an der Wand. Ich stellte mich neben Sabina und sagte: »Hallo.«

Sie drehte mir den Kopf zu und sagte: »Hallo, Nora. Schön, dass du wieder da bist.«

»Ich hab Windpocken gehabt«, sagte ich. »Übrigens vielen Dank für deine Karte, die aus dem Ferienlager.«

Sabina lächelte.

»War die nicht süß?«

An ihrer anderen Seite stand Fanny. Jetzt flüsterte sie Sabina etwas ins Ohr.

»Hast du meine Briefe bekommen?«, fragte ich.

Aber Sabina sah mich nicht mehr an, und ich glaube, sie hörte mir auch nicht mehr zu. Ich folgte ihrem Blick und sah, dass sie zu Tobbe, Emil und einigen anderen Jungen schaute, die Basketball spielten. Tobbe dribbelte und lief und ließ kaum jemand anderen an den Ball.

»Tobbe!«, rief Sabina. »Komm mal her!«

Er ließ den Ball davonrollen.

»Was ist?«

Sabina und Tobbe waren in der Fünften zusammen gewesen. Er hatte sie fünfmal gefragt, ob er Chancen bei ihr hat, ehe sie ja sagte. Obwohl sie in ihn verliebt war, sagte sie. Aber man darf sie nicht merken lassen, dass man sie mag. Das hat sie auch gesagt. Sonst verlieren sie das Interesse. Schließlich waren sie jedenfalls zusammen, aber nach drei Wochen hatte Sabina wieder Schluss mit ihm gemacht.

Ich fand es gut, als es vorbei war. Nicht weil es etwas verändert hatte, als die beiden zusammen waren. In den Pausen und nach der Schule war Sabina trotzdem immer mit mir zusammen. Einmal sind sie miteinander ins Kino gegangen. Aber mir gefiel es nicht, wenn sie von ihm redete. Da war etwas Fremdes in ihrer Stimme und in ihrem Blick, der sich irgendwie nach innen kehrte.

Jetzt hörte ich an ihrem Tonfall, dass sie wieder mit ihm zusammen sein wollte. So gut kenne ich sie nach all den Jahren.

»Das Mädchen, an das du gedacht hast«, sagte Sabina. »Wie hat das ausgesehen?«

»So«, sagte Tobbe, lehnte sich sexy gegen die Wand und zeigte mit den Händen, wie groß ihre Brüste waren.

»Das Gesicht meine ich.«

»Dir ein bisschen ähnlich«, sagte Tobbe.

Geradewegs in die Falle ging er. Aber vielleicht wollte er gefangen werden.

Emil hatte auch mit Ballspielen aufgehört und war herangekommen. Er stand mit dem Rücken zu mir, so dass die vier einen kleinen Kreis bildeten. Sabina und Fanny, Tobbe und Emil. Und ich, außerhalb des Kreises.

»Geht ihr heute Abend raus?«, fragte Fanny.

»Gehen wir wohl«, sagte Emil.

Ich fragte mich, wohin sie gingen, wenn sie rausgingen. Wenn man in unserem Alter ist, gibt es ja nicht gerade viele Plätze, wo man hingehen kann. Vielleicht hingen sie auch nur auf dem Schulhof rum. Das haben einige aus der Sechsten im letzten Jahr gemacht.

Jetzt kam eine Gruppe aus den oberen Klassen über den Schulhof. Es waren mehr Jungen, nur zwei Mädchen. Die eine war Sabinas große Schwester Nadja. Sie ist die Schönste von ganz Söder und sie weiß das. In drei Jahren sieht Sabina wahrscheinlich aus wie sie.

Tobbe und Emil zogen sich ein Stück zurück. Die hatten vermutlich Angst vor den großen Jungen.

Nadja blieb vor Sabina stehen und sagte: »Sag Mama, dass ich heute Abend nicht nach Hause komme.«

»Wohin gehst du?«, fragte Sabina.

»Das möchtest du wohl gern wissen, was?«

Einer der Jungen sah Sabina an und sagte zu Nadja: »Ist das deine kleine Schwester? Eine Mini-Nadja!« Zu Sabina sagte er: »Zeig dich mal wieder, wenn du größer geworden bist.«

Dann gingen sie.

Ich hörte, wie Fanny zu Sabina sagte: »Wenn man doch schon fünfzehn wäre oder wenigstens vierzehn.«

Sabina und Fanny, Tobbe und Emil. Und ich.
So war es vom ersten Tag an und so ging es weiter. Die vier hielten zusammen und ich durfte dabei sein. Obwohl es eine Art unsichtbarer Wand gab, eine Blase, in der sie sich befanden. Und ich war außerhalb.
Sie redeten über Sachen, von denen ich nichts wusste, Sachen, die im Sommer passiert waren. Es stellte sich heraus, dass Sabina Fanny draußen in den Schären in Fannys Sommerhaus besucht hatte, während ich bei Papa in Dalarna war. Emils Familie hatte ein Haus in der Nähe und ihn hatte Tobbe besucht. Sie konnten sagen: Der Bootsschuppen! Und dann fingen alle vier an zu kichern, als ob das wunders wie witzig wäre.
Abends waren sie draußen. Nicht auf dem Schulhof, sondern in einer besonderen Ecke vom Vitabergspark. Dann waren sie eine richtige Clique, nicht nur die vier. Ich hatte sie von weitem gesehen, als ich mit Cookie im Park Gassi ging, aber ich war nicht zu ihnen gegangen. Wenn sie darüber redeten, was sie abends unternehmen wollten, fragte mich nie jemand, ob ich mitkommen wollte.

Gefällt dir dieser Pullover?

Es war einige Wochen später, ich stand mit meinem Tablett im Esssaal. Sabina und Fanny saßen zusammen mit den Jungen an einem Tisch bei den Fenstern. Neben Sabina war ein Platz frei und sie musste mich gesehen haben, aber sie winkte nicht und rief nicht: Nora! Sie aß einfach weiter.
Erst wollte ich mich an einen anderen Tisch setzen, aber dann sah ich, dass Emma und einige andere aus meiner Klasse zu mir guckten und miteinander flüsterten. Da ging ich zu Sabinas Tisch, als ob ich ganz selbstverständlich dazugehörte, und setzte mich neben Sabina.
»Hallo«, sagte ich, und sie antwortete, ohne mich anzusehen.
Fanny schnitt wie üblich mit den Reisen ihres Vaters auf. Im Augenblick war er in New York. Nächstes Mal würde sie ihn begleiten, und in den Weihnachtsferien würde die ganze Familie nach Australien fliegen.
Emil war beeindruckt, aber Tobbe sah griesgrämig aus. Ich glaub, Tobbe mag Fanny nicht besonders, aber er erträgt sie, weil sie Sabinas Freundin ist. Und vielleicht weil Emil sie mag, falls das so ist. Sie mag ihn jedenfalls, das merkte man damals schon.
Jetzt schraubte Tobbe den Deckel vom Salzfass ab und kippte den Inhalt in Sabinas Milchglas.

»Lass das, was machst du da?«, piepste sie in genau dem gespielt-ärgerlichen Ton, wie er es hören wollte. Sie lehnte sich über den Tisch und versuchte ihn zu schlagen. Er nahm ihr Handgelenk und hielt es fest. Sabina versuchte sich zu befreien, aber er war stärker. Es sah aus, als würden sie sich schlagen, aber sie lachten beide.
Fanny hat es nicht gern, wenn man sie unterbricht.
»Hört auf, ihr seid ja kindisch«, sagte sie.
Kindisch scheint das schlimmste Schimpfwort zu sein, das Fanny kennt. Sie benutzt es dauernd.
Ich nahm Sabinas Milchglas und kippte die Milch in die Spüle, wo man Essensreste und Abwasch hinstellt. Dann goss ich neue Milch ein. Als ich an den Tisch zurückkam, hatte Tobbe sie losgelassen, und sie saß da und rieb ihr Handgelenk.
»Danke, wirklich sehr nett von dir.« Sie lächelte.
Fanny guckte mich an und sagte: »Gefällt dir der Pullover?«
Ich hatte meinen blauen Collegepullover mit buntem Aufdruck an. An dem ist nichts Besonderes. Ich denk nie sehr darüber nach, was ich anziehe. Jedenfalls tat ich es damals nicht, Anfang September.
»Ja, wieso?«
»Ich mein bloß so«, sagte Fanny. »Du trägst ihn jetzt schon vier Tage.«
»Wirklich?«
Ich spürte, dass meine Wangen ganz heiß wurden, und drehte den Kopf weg, damit die anderen es nicht sahen.
Sabina sagte nichts. Ich weiß nicht einmal, ob sie zuhörte.

Ein Pullover mit Silberaufdruck

Als ich an diesem Tag von der Schule nach Hause ging, machte ich einen Umweg zum Einkaufszentrum und beguckte mir die Schaufensterpuppen. Sie trugen enge, kurze Pullover, die über den Plastikbusen eng anlagen und einen Spalt vom Bauch über den Jeans frei ließen, genau wie Sabinas.
Einer dieser kurzen Pullover war schwarz und hatte einen Silberaufdruck. Er war wahnsinnig schön.
Beim Mittagessen machte ich den ersten Versuch. »Mama«, sagte ich, »kann ich nicht einen neuen Pullover haben? So einen ganz kurzen?«
Mama hob den Löffel auf, den Kalle zum zwanzigsten Mal auf den Fußboden geschmissen hatte, wischte ihn ab und fütterte ihn weiter.
»Vielleicht wenn das Kindergeld kommt«, sagte sie.
»Aber das kommt doch erst in ein paar Wochen!«
»Was ist es denn für ein Pullover?«
»Ein schwarzer mit silbernem Aufdruck. Den gibt's bei Impuls.«
Sie fragte, wie viel er kostete, aber das wusste ich nicht. Dann fragte sie Anton und mich, wer von uns mit Abwaschen an der Reihe war.
»Anton ist dran«, sagte ich.

»Du hast was vergessen«, sagte er.

»Was?«

»Dass ich dir Dienstag bei den Matheaufgaben geholfen habe und dass du mir versprochen hast, für den Rest der Woche abzuwaschen.«

»Aber ich muss doch mit Cookie raus!«

»Übrigens schreiben wir morgen eine Arbeit in Englisch«, sagte Anton. »Ich muss pauken.«

»Mama!«

»Darüber müsst ihr euch schon alleine einigen, das wisst ihr doch«, sagte Mama.

»Kannst du nicht abwaschen?«, fragte ich sie, obwohl ich wusste, dass sie nein sagen würde. Der Abwasch ist Antons und meine Aufgabe.

»Nee du«, sagte sie. »Ich muss Kalle ins Bett bringen und dann …« Sie machte eine kleine Pause. »… und dann hab ich was anderes vor.«

»Felix?«, fragte Anton.

Meine Mama ist dreiunddreißig Jahre alt, aber sie wurde tatsächlich rot, als Anton seinen Namen nannte. So ist sie, wenn sie verliebt ist. Anfangs jedenfalls. Dann singt sie beim Kochen und kauft sich Kleider, die sie sich gar nicht leisten kann. Dann wird sie nervös und gereizt, klappert in der Küche und schreit uns wegen der geringsten Kleinigkeit an. Dann ist es aus; dann weint sie und raucht noch mehr als sonst. Nach einer Weile wird sie wieder normal. Bis zum nächsten Mal.

»Dann kannst du mir heute Abend also nicht bei Englisch helfen?«, fragte Anton.

»Auf keinen Fall«, sagte Mama und lächelte.

»Ich wasch ab, wenn ich nach Hause komme«, sagte ich und ging in den Flur, Cookies Leine holen. Cookie kam angeschossen und sprang an meinen Beinen hoch. Sie geht so wahnsinnig gern raus.

»Bring mir ein Päckchen Zigaretten mit«, sagte Mama und gab mir einen Fünfziger. »Für den Rest darfst du Süßigkeiten kaufen.«

Istanbul Lebensmittel

Ismets Kiosk ist gleich um die Ecke. Der Laden heißt nicht wirklich so, er heißt Istanbul Lebensmittel und ist ein richtiger Laden. Ismet kommt aus der Türkei, allerdings nicht aus Istanbul. Die Stadt ist größer als Stockholm. Ismet stammt aus einem Dorf in den Bergen. Jetzt wohnt er in einem Stockholmer Vorort und hat diesen Laden in Söder. Ich begreife nicht, wie er es überhaupt schafft, nach Hause zu seiner Familie zu fahren, denn der Laden ist fast ständig geöffnet.
Ismet stand hinterm Tresen, als ich hereinkam. Vor dem Tresen stand Karin. Sie hatte Milch und Bananen gekauft und bezahlte gerade.
»Nora!«, rief Ismet. »Wie geht's dir? Wann fängst du an bei mir zu arbeiten?«
»Ich kann nicht rechnen, das weißt du doch«, sagte ich.
Karin steckte langsam das Milchpaket und die Bananen in die Tüte, die sie von Ismet bekommen hatte. Dann ging sie zur Tür, aber ich hörte die Glocke nicht anschlagen.
»Was soll es heute Abend sein?«, fragte Ismet.
»Zigaretten für Mama.«
Ich brauchte nicht zu sagen, welche Marke. Er wusste, dass sie Gelbe Blend rauchte. Er holte das Päckchen und ich legte das Geld auf den Tresen.

»Für den Rest Süßigkeiten«, sagte ich.
Ismet fing an, Bonbons aus verschiedenen Behältern in eine Tüte zu füllen. Er brauchte auch nicht nach den Sorten zu fragen. Nicht solche, die gleichzeitig süß und sauer schmecken, davon krieg ich das große Schaudern.
Als er mir die Tüte reichte, sagte er: »Du! Vergiss nicht, dem Hund was abzugeben – und deiner Freundin.«
Ich drehte mich um und sah, dass Karin noch da war. Sie stand beim Zeitungsständer und blätterte in einer Illustrierten. Ich war ein wenig erstaunt, weil ich gedacht hatte, Karin lese keine Illustrierte. Wenn es in einem anderen Laden gewesen wäre, hätte der Besitzer zu ihr gesagt, sie solle die Zeitschrift kaufen, bevor sie sie las, aber Ismet ist nicht so.
Als ich an ihr vorbei zur Tür ging, warf ich einen Blick über ihre Schulter, um zu sehen, was sie las. Da war ich wirklich platt. DARAUF FAHREN JUNGS AB hieß die Überschrift, und dann kamen verschiedene Abschnitte über Beine und Hintern und so. Und Brüste natürlich.
Karin merkte, dass ich guckte, und klappte die Zeitschrift schnell zusammen. Ich öffnete die Tür und sie folgte mir.

Ich weiß nicht, was sie an jenem Abend in Ismets Laden zurückhielt. Ob es der Artikel war, den sie lesen wollte und nicht mit nach Hause nehmen konnte, denn dann wären ihre Eltern durchgedreht. Oder ob sie auf mich wartete.
Es ist merkwürdig, wie wenig ich immer noch über Karin weiß. Nach all dem, was geschehen ist.

Wie heißt der Hund?

Ich hatte Cookie draußen angebunden. Sie freute sich riesig, als ich herauskam, wedelte mit dem Schwanz und tanzte um mich herum, als ich mich hinhockte und die Leine löste.
»Wie heißt der Hund?«, fragte Karins Stimme hinter mir.
»Cookie«, sagte ich. Uns konnte ja keiner sehen, und es gab keinen Grund, unfreundlich zu ihr zu sein.
»Cookie ...«, sagte Karin mit träumerischer Stimme. Sie hockte sich neben mich. »Darf ich sie streicheln?«
»Na klar.«
Karin fing an, Cookie unterm Kinn zu kraulen. Cookie mag nicht jeden Fremden, aber Karin mochte sie vom ersten Augenblick an. Sie wedelte noch mehr mit dem Schwanz und leckte Karin über die Nase.
Ich wurde ungeduldig. Zu Hause wartete der Abwasch. Außerdem hatte ich beschlossen, jedenfalls fast beschlossen, an der Stelle im Park vorbeizugehen, wo sich die Clique immer traf. Nur so rein zufällig.
Vielleicht würden sie ja mit mir reden.
»Ich muss jetzt gehen«, sagte ich und richtete mich auf. »Cookie braucht Auslauf.«
Karin guckte zu mir hoch. »Darf ich mit?«
Ich weiß nicht warum, aber ich sagte ja.

Wir gingen zum Park und unterwegs bot ich Karin Bonbons an. Karin fand, wir sollten Cookie dressieren. Wir könnten ihr beibringen, auf eine Parkbank zu springen und wieder runter, ungefähr wie die Hunde im Zirkus auf Schemel springen und wieder runter.

Ich glaubte nicht, dass das klappen würde. Cookie ist kein gut erzogener Hund. Sagt man: *Platz, Cookie*, dann wedelt sie nur mit dem Schwanz. Aber Karin war eifrig und wollte es unbedingt ausprobieren. Sie durfte sich ein paar Bonbons aus der Tüte nehmen. Man muss dem Hund eine Belohnung geben, wenn er was lernen soll, sagte sie.

Zuerst warf Karin ein Stöckchen und Cookie raste natürlich los und holte es. Solche Spiele mag sie. Nachdem Karin ein paar Mal geworfen und Cookie das Stöckchen wiedergebracht hatte, hielt Karin es hoch über die Bank und rief: *Hopp!* Cookie war außer Rand und Band und hüpfte und kläffte. Schließlich sprang sie auf die Bank, und da kriegte sie das Stöckchen und ein Bonbon.

Nachdem sie das dreimal wiederholt hatten, rief Karin: *Hopp!*, ohne ein Stöckchen hochzuhalten. Und Cookie sprang!

Dann durfte ich es ausprobieren und mir gehorchte sie auch.

»Hast du einen Hund?«, fragte ich. Ich dachte, sie hätte vielleicht Erfahrung im Hundedressieren. Aber sie schüttelte den Kopf.

»Oder ein anderes Tier?«

»Nein, ich darf nicht«, sagte sie. »Tiere haaren ... und riechen schlecht.«

Karin kauerte sich hin und schmuste mit Cookie.
»Wenn ich einen Hund haben dürfte«, sagte sie, »dann möchte ich so einen wie Cookie.«

Wir müssen lange im Park gewesen sein, denn es wurde schon dunkel. Karin guckte auf ihre Uhr und sagte, sie müsse nach Hause. Sie sollte ja nur Milch und Bananen kaufen. Wenn es dunkel war, durfte sie nicht draußen sein, sagte sie.
Ich hatte den Abwasch vergessen, der zu Hause auf mich wartete, und Mama, die auf ihre Zigaretten wartete. Noch etwas hatte ich vergessen: dass ich in den Teil vom Park gehen wollte, wo sich Sabina und Fanny und die anderen immer aufhielten. Jetzt fiel es mir wieder ein, aber zusammen mit Karin ging das ja nicht.
Wir gingen den kürzesten Weg zurück durch den Park. Karin redete davon, was wir Cookie sonst noch beibringen könnten.
»Nächstes Mal bringen wir ihr tot spielen bei«, sagte sie.
Aber ich dachte, es wird kein nächstes Mal geben.
Da kamen sie direkt auf uns zu, vielleicht fünfzig Meter entfernt. Sabina, Fanny, Tobbe, Emil und noch fünf, sechs andere. Ich erkannte sie sofort, obwohl es fast dunkel war. Das Licht einer Straßenlaterne glänzte auf Sabinas schwarzen Haaren.
Ich nahm Karin am Arm.
»Komm«, zischte ich und zog sie mit mir hinter ein paar Büsche. »Wir gehen diesen Weg.«
»Warum denn? Hier ist es zu dunkel«, jammerte sie.

Aber dann hörte und sah sie die Gang ebenfalls, und sie hatte vermutlich ihre eigenen Gründe, warum sie denen nicht begegnen wollte. Wir liefen also einen Grasabhang hinunter und kamen an einer anderen Stelle des Parks heraus.

Es war etwas Besonderes an diesem Abend im Park. Noch war es warm und duftete nach frisch gemähtem Gras. Wir spielten miteinander und vergaßen alles andere. Wir hätten Freundinnen sein können, richtige Freundinnen.

Aber als wir dann den Abhang hinunterliefen, um der Clique zu entkommen, waren wir nicht zwei Verschworene auf der Flucht. Wir flohen nicht gemeinsam, sondern jeder für sich, obwohl wir Seite an Seite liefen.

Ich floh vor der Schande, mit der blödesten Pute der Klasse zusammen gesehen zu werden.

Und Karin? Sie floh vor den Blicken und Wörtern, die sie jeden Tag aufs Neue auf die hässliche Karin mit den Monstertitten abfeuerten.

Trommeln

Ich hörte das Trommeln, sobald ich die Wohnungstür öffnete. Es kam aus dem Wohnzimmer. Ich nahm Cookie Leine und Halsband ab und hängte meine Jacke an die Garderobe. Dann ging ich zur Wohnzimmertür und spähte hinein.
Mama trug einen langen schwarzen Rock und große silberne Ohrringe. Sie tanzte mitten im Zimmer mit dem Rücken zur Tür, weich und rhythmisch zu den Klängen der afrikanischen Trommeln.
Felix saß auf einem Schemel und trommelte. Seine schwarze Haut glänzte im Schein der brennenden Kerzen und die langen schmalen Hände bewegten sich schnell wie Vogelschwingen.
Felix ist Musiker, eigentlich Saxophonist, aber er hatte ein paar Trommeln bei uns zu Hause, auf denen er manchmal spielte.
Er sah mich als Erster.
»Hallo, Nora«, rief er, ohne mit Trommeln aufzuhören. »Was für einen hübschen Pullover du anhast!«
Es war der alte blaue, den ich schon vier Tage trug. Er meinte es also gar nicht so, er schleimte bloß. Wahrscheinlich hatte Mama ihm erzählt, dass ich sie wegen eines neuen Pullovers genervt hatte.

Sie hörte auf zu tanzen und drehte sich um.
»Du kommst aber spät«, sagte sie. »Ist was passiert?«
»Nein«, sagte ich.
»Hast du Zigaretten gekauft?«
»Hier«, sagte ich und warf ihr das Päckchen zu.
Ich warf absichtlich ein wenig zu kurz, so dass sie sich danach bücken musste. Sie sagte nichts. Auf dem Tisch standen eine fast leere Weinflasche und zwei Gläser. Die Deckenbeleuchtung war ausgeschaltet und in verschiedenen Kerzenhaltern brannten Kerzen.
»Ich geh jetzt abwaschen«, sagte ich.
Als ich mit Abwaschen fertig war, guckte ich wieder ins Wohnzimmer. Jetzt tanzte sie mit wackelndem Hintern ganz dicht vor ihm. Felix hörte auf zu trommeln und legte seine Hände auf ihre Hüften. Er zog sie näher an sich und drückte sein Gesicht gegen ihren Bauch.
Da machte ich Licht an. Mama wand sich aus Felix' Griff.
»Ich geh jetzt schlafen«, sagte ich.
»Gute Nacht, Liebling«, sagte sie.
Ich klopfte an Antons Tür. Er paukte immer noch englische Vokabeln.
»Hast du sie gesehen?«, fragte ich. »Widerlich!«
»Hmm«, machte Anton. »Geh spielen, ich muss lernen.«
Ich knallte seine Tür zu und ging in mein Zimmer.

In der Nacht träumte ich etwas Seltsames. Ich träumte, dass Sabina zu Felix' Trommeln tanzte. Die ganze Klasse stand um sie herum und klatschte im Rhythmus mit den Händen. Ich war auch dabei, und obwohl ich es nicht wollte, klatschte ich mit. Sie tanzte schneller und schneller, und plötzlich war es nicht mehr Sabina, sondern Karin. Ihre Brüste schwappten genau vor meinem Gesicht und ich wollte mich zurückziehen, aber die anderen drängten von hinten nach, so dass ich nicht entkam. Sie war mir so nah, dass ich nur die Brüste sah, nichts anderes.
Dann wurde ich wach.

Tor!

Die Mädchen aus unserer Klasse hatten ein Fußballmatch gegen die Sechste aus der Högalidschule. Wir spielten auf dem Zinkendamm-Sportplatz. Es war das letzte Spiel der Meisterschaften von Söder. Unsere Mannschaft stand auf einen ziemlich guten Tabellenplatz. Fanny ist bärenstark und wird mit jeder Gegenspielerin fertig. Maja ist eine prima Torhüterin. Und ich bin schnell und eine ziemlich gute Torschützin.
Ich schoss tatsächlich das erste Tor des Spiels. Auf der Tribüne saßen die Jungs aus unserer Klasse und die ganze 6 A und feuerten uns an. Sogar Gunilla schrie: »Heja, Nora!«
Das war ein schönes Gefühl, ein Gefühl, wie wenn man an einem Sommermorgen hinaus in den Sonnenschein kommt. An diesem Septembertag schien keine Sonne, es war grau verhangen und ziemlich kalt. Die Zuschauer auf der Tribüne hatten warme Jacken an.
Die anderen aus der Mannschaft umarmten mich. Alle außer Fanny. Die musste sich gerade die Schuhe zubinden. Und Karin, die an der Außenlinie stand und mehr zuguckte als mitspielte. Das macht sie immer. Sie kann einfach nicht spielen, aber in der anderen Mannschaft gab es auch so ein paar hoffnungslose Typen, die nur zugucken durften, deshalb war das nicht so schlimm.

Es waren noch einige Minuten bis zur Halbzeit und Fanny hatte den Ball. Ich stand frei in der gegnerischen Hälfte. Ich hätte aufs Tor schießen können, wenn ich den Ball bekommen hätte.
Aber ich bekam ihn nicht. Fanny schoss selbst. Aus einem unmöglichen Winkel, sie hatte keine Chance, das Tor zu treffen.
Und sie traf auch nicht.
Der Schiedsrichter pfiff und die erste Halbzeit war vorbei.

Sabina, Fanny und ich saßen in der Pause zusammen. Fanny massierte ihre Beine und Sabina drehte sich um und winkte Tobbe auf der Tribüne zu.
»Schade, dass der Schuss gerade nicht reinging«, sagte ich zu Fanny. Ich wollte hören, was sie sich dabei gedacht hatte, selbst zu schießen, anstatt mir den Ball zuzuspielen.
Sie sprang sofort darauf an. »Ja, schade, dass nicht alle so gut sind wie du!«, sagte sie scharf.
»Jetzt mach keinen Stunk«, sagte Sabina. »Ist doch egal!«
»Und du«, sagte Fanny, »du hast doch nur Augen für Tobbe, statt zu spielen!«
»Ist ja gar nicht wahr! Du nimmst alles so ernst.«
Fanny stand auf. Ich sah, dass sie richtig wütend war, nicht nur so ein bisschen sauer.
»Was für ein Glück«, sagte sie, »dass ihr nicht alles so ernst nehmt!«
Dann ging sie weg und setzte sich neben Maja.
Die Mädchen aus der Högalidschule schossen zu Beginn der

zweiten Halbzeit ein Tor, und dann passierte eine Weile nicht viel. Ich dachte schon, es würde 1 : 1 ausgehen – als Fanny den Ball bekam und weit in die gegnerische Hälfte eindrang, ohne dass jemand sie aufhalten konnte. Als sie schon aufs Tor schießen konnte, wurde sie von der linken Verteidigerin angegriffen, und der Ball rollte zur Außenlinie.
Dort stand Karin. Sie starrte den Ball an, als wüsste sie gar nicht, was das für ein Ding war, aber dann stoppte sie ihn doch mit dem Fuß.
»Hierher!«, brüllte Fanny, die immer noch eine gute Schussposition hatte.
Karin versuchte es. Aber der Ball landete direkt vor den Füßen von Högalids Linksaußen, die ihn weiterspielte, und dann war der Ball wieder in unserer Hälfte. Die beste Torschützin von Högalid bekam ihn und Maja kam eine Zehntelsekunde zu spät.
»Tor!«, schrien sie. »Tor!«
Fanny ging zu Karin und baute sich dicht vor ihr auf.
»Was hast du da für eine Scheiße gebaut, du blödes Stück! Hau bloß ab und setz dich hin!«
Lotta, unsere Sportlehrerin, sah es sofort. In dieser Beziehung ist sie gut, sie lässt es nicht zu, dass jemand verhöhnt wird, der nicht so gut ist wie die anderen.
»Hör auf, Fanny«, flüsterte Sabina, als sie Lotta kommen sah.
»Fanny!«, sagte Lotta. »Wenn ich noch mal so was von dir höre, dann sitzt du für den Rest des Spiels auf der Bank.«
»Wenn hier einer rausmuss, dann ist es wohl die da«, sagte Fanny trotzig. »Die macht doch alles kaputt!«

Aber Lotta blieb hart.
»Ich warne dich ein letztes Mal. Noch ein Wort, und du fliegst raus. Kapiert?«
Fanny zuckte mit den Schultern.
Kurz vor Spielende bekam ich den Ball wieder, ein paar Meter vom gegnerischen Tor entfernt. Zwei ihrer Spielerinnen waren noch zwischen mir und dem Tor. Aber ich sah die Lücke und schoss. Die Torhüterin hechtete nach dem Ball, aber er flog an ihren ausgestreckten Händen vorbei.
»TOR!«
Die ganze Mannschaft schrie und umarmte mich. Die Jungen und die ganze 6 A kamen von der Tribüne gelaufen. Alle wollten mich anfassen. Sogar Tobbe, der mich sonst gar nicht sah, klopfte mir auf den Rücken.
»Klasse Tor«, sagte er.
Da bekam Sabina einen schwarzen Blick. Fanny nahm sie am Arm und zog sie mit sich vom Platz. Ich sah, dass sie Sabina etwas zuflüsterte, aber ich konnte es nicht verstehen.

*Wenn ich daran denke, was danach geschah, wünschte ich fast, ich hätte dieses Tor nicht geschossen. Eigentlich ist es ja egal, wer ein Fußballspiel gewinnt. Jedenfalls gibt es Sachen, die wichtiger sind, als gut Tore schießen zu können. Wie zum Beispiel HALT! zu sagen, wenn etwas passiert, was nicht passieren dürfte. Sich nicht darum zu kümmern, was die Leute von einem halten. Zu erkennen, wer ein richtiger Freund ist.
Entschuldigung, falls das so klingt, als ob ich einen Vortrag über Mobbing in der Aula hielte. Aber darauf bin ich ganz allein gekommen. Letzten Freitag. Auf Fannys Fete.*

Duschst du eigentlich nie?

Der ganze Aufruhr nach dem letzten Tor trug dazu bei, dass ich als Letzte in den Umkleideraum kam. Die anderen hatten schon angefangen, sich umzuziehen. Sabina hatte geduscht und trocknete sich gerade mit einem rosa Handtuch ab. Aus ihren schwarzen Haaren tropfte es.
Fanny kam aus der Dusche. Sie hatte ein Handtuch um ihren Körper geschlungen. Der Umkleideraum war fast voll, ich musste also beim Eingang stehen bleiben.
Ich musterte sie heimlich. Sabinas Brüste sind klein und spitz. Wenn sie angezogen ist, sehen sie größer aus, dann trägt sie einen BH, der die Brüste nach oben und in der Mitte zusammendrückt. Jetzt, wo sie ganz braun war, sahen sie aus wie weiße Eier. Noch weißer war sie da, wo sie im Sommer das Bikinihöschen getragen hatte. In dem Weiß war ein dunkler Schatten, und ich sah zum ersten Mal, dass ihr da unten Haare wuchsen. Fanny hatte an der Stelle auch Haare. Ich sah es, als sie das Handtuch abnahm und sich eincremte. Aber ihre Haare waren nicht schwarz, sondern hellbraun.
Ich hab zwischen den Beinen noch keine Haare, auch nicht unter den Armen. Wenn man mich von der Seite sieht, kann man sehen, dass meine Brustwarzen schon ein bisschen hervorstehen, aber rundherum ist es platt.

Sabina bürstete sich die Haare, dass die Tropfen nur so spritzten.
»Kannst du meinen Rücken eincremen?«, fragte sie Fanny.
Sie hob die Haare hoch, damit Fanny an ihren Rücken kam. Es sah hübsch aus, als sie die Geste machte. Sie sah aus wie eine Meerjungfrau.
Ich hatte mich ausgezogen, nahm mein Handtuch und ging auf die Dusche zu. Karin zog sich in einer Ecke an. Sie hat eine besondere Art, sich nach dem Sportunterricht umzuziehen. Sie zieht sich nie ganz aus, sondern immer nur ein Kleidungsstück zur Zeit, und dann zieht sie sofort ein neues an. Sie will nicht mal ihre Unterwäsche zeigen, so sehr schämt sie sich für ihren Körper.
»Karin?«, hörte ich Fannys Stimme.
»Ja?«
»Duschst du eigentlich nie?«
Fanny wusste natürlich, dass Karin nie in der Schule duschte.
»Doch, ich ...«, murmelte Karin.
»Was hast du gesagt? Ich hab dich nicht verstanden«, sagte Fanny höhnisch.
Sie ging in Karins Ecke und hielt sich die Nase zu.
»Doch, zu Hause ...«
Ich wollte nichts mehr hören. Ich ging in den Duschraum und hängte mein Handtuch an einen Haken. Aus dem Umkleideraum hörte ich Fannys Stimme: »Wie eklig! Wenn jemand nach dem Match nicht duscht. Wahrscheinlich ziehst du wieder dieselben Klamotten an und sitzt damit in der Klasse und riechst.«

Das war gemein. Karin riecht nicht schlecht. Im Gegenteil, sie riecht nach Seife und frisch gewaschener Kleidung. Dass sie nach dem Sportunterricht nicht duscht, macht überhaupt nichts, denn sie tobt nicht herum wie wir anderen und schwitzt nicht unter den Armen.

Ich stellte mich in die Dusche, drehte den Wasserhahn auf und seifte mich ein. Eine Weile ertränkte das Brausen der Dusche die Stimmen aus dem Umkleideraum. Aus den Augenwinkeln sah ich, dass Fanny und Sabina in den Duschraum zurückkamen. Sie hatten sich in ihre Handtücher eingewickelt und flüsterten miteinander. Ich kriegte nicht mit, was sie vorhatten, und ich wollte es auch gar nicht wissen.

»Karin!«, rief Fanny. »Komm mal eben her!«

»Warum?«, hörte ich Karin aus dem Umkleideraum antworten.

»Wir wollen dir was zeigen«, sagte Fanny.

Ich drehte mich um und sah Maja an der Tür zwischen Dusch- und Umkleideraum. Sie nickte Fanny zu, die mitten im Raum stand. Mit dem Wasserschlauch. Er war auf die Tür gerichtet und Fanny nickte zurück.

Sabina stand an der Wand, wo der Wasserschlauch befestigt war. Ihre Hand lag auf dem Wasserhahn.

»Komm endlich!«, rief Fanny.

Karin erschien in der Tür, vollständig angezogen.

»Was ist?«, fragte sie.

Alles ging so schnell. Maja machte die Tür von der anderen Seite hinter Karin zu. Fanny richtete den Schlauch auf Karin. Sabina drehte den Hahn auf.

Der eiskalte Wasserstrahl traf Karin voll.
Ich musste es mit ansehen. Ich wollte es nicht, aber ich musste.
Das Wasser strömte über ihren Kopf und ihren Körper. Das Haar klebte an ihren Wangen und die Kleidung war schon durchnässt. Karin bibberte und weinte, aber sie versuchte nicht zu fliehen.
»Aufhören!«, sagte eine kleine dünne Stimme. Ich merkte, dass es meine eigene war.
Niemand hörte es.
Ich weiß nicht, wie lange sie das trieben. Es kam mir vor, als ob es eine Ewigkeit dauerte, aber vielleicht war es nur eine halbe Minute. Schließlich sagte Fanny: »Jetzt reicht es.«
Sabina drehte das Wasser ab und Maja öffnete die Tür zum Umkleideraum. Karin stürzte hinaus und im nächsten Augenblick knallte die äußere Tür zu.

Wie kommt es, dass manche Menschen sich nicht verteidigen können? Dass sie einfach aufgeben? Es waren vier gegen eine, aber wenn ich an Karins Stelle gewesen wäre, ich hätte es versucht. Ich hätte gegen ihre Beine getreten, hätte gebissen und versucht, sie an den Haaren zu reißen.
Auf die Art hab ich mich immer verteidigen können. Ich bin klein, aber stark, und ich hab keine Angst vor Größeren.
Aber gegen das, was mir jetzt widerfuhr, war ich fast genauso ohnmächtig wie Karin.

Alle hassen mich – nur du nicht

Da, wo Karin gestanden hatte, war ein nasser Fleck, als ich in den Umkleideraum kam. Die meisten waren gegangen, aber Sabina und Fanny waren noch da. Fanny packte ihre Sportkleidung ein und Sabina steckte sich die Walkman-Hörer in die Ohren.
»Wartet ihr auf mich?«, fragte ich.
Die beiden guckten sich an. Das war so ein Blick, der andeutet, dass man sich insgeheim über etwas abgestimmt hat.
»Nein, wir wollen nach Hause«, sagte Fanny. »Dann wollen wir in die Stadt, Schaufenster gucken. Wir nehmen die U-Bahn.«
»Bis morgen also«, sagte Sabina. »Tschüs!«
Es zog kalt von der Tür her, als sie hinausgingen. Ich blieb allein zurück im Umkleideraum. Zog mich so schnell wie möglich an und ging.

Der 54er-Bus kam gerade, als ich auf dem Weg zur Haltestelle war. Ich sah, dass schon viele auf den Bus warteten. Wenn ich lief, hatte ich die Chance, ihn zu kriegen, während die anderen einstiegen.
Ich lief los, musste aber die Ringstraße überqueren. Für Fußgänger war gerade rot und viele Autos bogen rechts von der

Hornstraße ein. Der Bus hielt schon und alle stiegen ein. Die Letzten, die einstiegen, waren Sabina und Fanny.
Sie hatten gelogen. Sie wollten gar nicht mit der U-Bahn in die Stadt. Die wollten nach Hause, aber sie wollten mich nicht dabeihaben.
Der Fahrer schloss die Tür. Er musste mich im Rückspiegel gesehen haben, aber vermutlich fand er, dass schon genügend Kinder im Bus waren.
Es hatte keinen Sinn mehr zu rennen. Das letzte Stück bis zur Haltestelle ging ich langsam. Da sah ich, dass jemand auf der Bank ganz hinten im Wartehäuschen saß.
Karin. Mit klatschnassen Kleidern. Die Haare klebten ihr am Kopf.
»Warum sitzt du hier? Warum bist du nicht mit dem Bus gefahren?«
Sie gab keine Antwort, guckte nur auf ihre nassen Sachen.
»Mensch, fahr bloß nach Hause und zieh dich um!«, sagte ich gereizt. Warum musste sie sich aber auch so dämlich verhalten?
»Sag, dass wir in der Dusche gespielt haben. Dass du nur zufällig nass geworden bist.«
Karin schüttelte den Kopf.
Ich zog meine Jacke aus und hielt sie ihr hin.
»Hier«, sagte ich. »Ich leih sie dir.«
Sie guckte mich nur an. Es war fast, als ob sie nicht verstände, was ich sagte. Sie war ganz blass. Ihre Stimme war so schwach, dass ich sie kaum verstehen konnte.
»Alle hassen mich. Nur du nicht.«

Da kriegte ich ein Gefühl, als ob mir jemand einen Rucksack aufgehängt hätte, der so schwer war, dass ich fast rückwärts umkippte. Wie damals vor zwei Jahren, als Papa, Anton und ich in den Bergen wandern wollten und Papa fand, ich müsste meine Sachen selbst tragen.
Es war zu schwer. Das hier konnte ich nicht tragen.
»Stell dich nicht an«, sagte ich. »Nimm endlich die Jacke. Wir nehmen den nächsten Bus.«

Ich saß neben ihr im Bus, obwohl uns alle anstarrten, und ich bot ihr an, dass sie die Jacke bis zum nächsten Tag behalten könnte, aber Karin wollte nicht. Jedenfalls stieg ich nicht mit ihr an ihrer Haltestelle aus, sondern fuhr weiter nach Hause.
Mama hatte ihre Staffelei im Wohnzimmer aufgebaut und malte. Sie hatte angefangen zu malen, seit sie arbeitslos war. Oder wieder angefangen, wie sie selber sagte. Sie hatte einmal Künstlerin werden wollen. Aber dann kriegte sie Anton und mich, und da hatte sie es für sicherer gehalten, Pädagogin zu werden.
Sicherer, na klar! Jetzt hatte sie schon drei Jahre keinen Job mehr. Ich finde, sie kann gut malen. Etwas komische Bilder, aber gut.
»Mama«, sagte ich von der Tür her.
Sie drehte sich um und legte den Finger auf den Mund.
»Psst, Kalle schläft.«
Kalle war wieder krank. Diesmal eine Ohrenentzündung.
»Komm rein und mach die Tür zu«, sagte Mama.

Ich schob einige Zeitungen beiseite und setzte mich aufs Sofa. Cookie sprang herauf und legte den Kopf in meinen Schoß. Mama malte weiter. Niemand sagte etwas. Es war ein schönes Gefühl, einfach so dazusitzen.

Nach einer Weile legte Mama den Pinsel weg und setzte sich neben mich.

»Was ist los?«, fragte sie. »Wolltest du mir was erzählen?«

Ich überlegte. Oft ist es gut, wenn man Mama alles erzählen kann. Sie unterbricht einen nicht, sondern hört zu, bis man fertig ist. Dann stellt sie vielleicht eine Frage, die einen dazu bringt, anders über die Sache zu denken, die man erlebt hat.

Aber in diesem Augenblick wusste ich nicht, wie ich anfangen sollte. Mit dem Fußballspiel? Oder mit dem, was in der Dusche passiert war? Oder damit, dass Sabina und Fanny mich angelogen hatten und abgehauen waren?

Es war schwer, die Sache mit Karin in der Dusche zu erzählen. Als ob ich mich schämte, obwohl ich doch gar nichts getan hatte.

Ich fragte mich, ob sich noch jemand anders deswegen schämte. Jemand anders außer Karin und mir.

Ehe ich etwas sagen konnte, klingelte das Telefon. Mama sah mich mit hochgezogenen Augenbrauen an; das bedeutete: Ist das für dich? Willst du selbst drangehen?

Ich schüttelte den Kopf. Sie stand auf und hob den Hörer ab.

»Lena Berglund.« Sie meldete sich mit ihrer zackigen Stimme, mit der sie sprach, wenn jemand anrief und fragte, ob sie Zeit hatte, einige Tage in der Kita einzuspringen, oder wenn jemand Waschmittel verkaufen wollte.

In der nächsten Sekunde klang ihre Stimme ganz anders, leiser, tiefer und mit einer Art Beben hinter den Worten.
»Du? Wo bist du? ... Wann? ... Kannst du nicht eher kommen? Ich sehn mich nach dir!«
Ich ging in die Küche und machte mir einen Kakao. Die Küchentür schloss ich hinter mir, weil ich es nicht ertrug, ihr zuzuhören.

Die Leute sind nicht ganz normal, wenn sie verliebt sind. Meine Mama, die verheiratet war und mit Männern zusammengelebt hat und drei Kinder hat, vergisst alles, wenn sie Felix' Stimme am Telefon hört. Tobbe kommt angestürmt, sobald Sabina in seine Richtung guckt. Und Sabina lächelt ihn selig an, obwohl sie im Frühling gesagt hat, dass er eigentlich nicht alle beisammen hat und sich immer vor den anderen aufspielen muss. Sogar Fanny, die so tough ist, plustert sich vor Emil.
Was wollen sie eigentlich? Wonach sehnen sie sich so sehr?
Werde ich jemals so fühlen wie sie? Oder stimmt mit mir etwas nicht, weil ich noch nie verliebt war?

Vergnügungspark Gröna Lund

Nach dem Fußballspiel herrschte ein paar Wochen Ruhe. Sabina, Fanny und ich waren am letzten Samstag im Vergnügungspark, bevor er für dieses Jahr schloss. Eigentlich wollten sie mit Tobbe und Emil gehen, aber dann konnten die Jungen nicht, und da hat Sabina mich gefragt, ob ich mitkommen will.
Sabina und ich waren schon oft zusammen in Gröna Lund. Wir gehen jedes Mal auf die gleiche Weise vor: Zuerst fahren wir dreimal Berg- und Talbahn, dann essen wir Eis, dann fahren wir Geisterbahn und so weiter.
Fanny wurde schlecht vom Berg-und-Talbahn-Fahren. Beim dritten Mal wollte sie nicht mehr mitfahren. Sie saß auf einer Bank und sah sauer aus, als wir zurückkamen. Die Geisterbahn mochte sie auch nicht.
»Albern«, sagte sie, wenn die Geister auftauchten, um einen zu erschrecken.
Sabina und ich schrien wie besessen. Wir wissen natürlich auch, dass das keine richtigen Gespenster sind, aber es macht Spaß, Angst zu haben.
Fanny wollte lieber Lose ziehen und am Glücksrad spielen und so was. Sie gewann eine große Tafel Schokolade, die wir zusammen aufaßen, und eine CD, die sie Sabina schenkte.

Ausnahmsweise schien Sabina sich nicht darum zu kümmern, was Fanny fand. Es war ihr auch egal, dass ihre Haare zerstrubbelten und die Wimperntusche zerfloss. Sie war wieder ein bisschen so wie früher, bevor Fanny ihre Freundin wurde. Auf dem Nachhauseweg zum Dampfer blieb Sabina mitten auf der Straße stehen und guckte komisch. Zuerst begriff ich nicht, was mit ihr los war, aber dann sah ich, was sie sah.

Mitten auf der Straße stand Nadja. Sie trank aus einer Bierdose und schwankte hin und her. Einer der Jungen aus ihrer Clique stützte sie, damit sie nicht umfiel. Dann nahm er ihr die Bierdose weg und trank den Rest und küsste sie. Eine ganze Weile standen sie da und küssten sich mitten unter all den Leuten, und er hatte eine Hand auf ihren Po gelegt und drückte sie eng an sich.

»Wir nehmen den nächsten Dampfer«, sagte Sabina. Also setzten wir uns auf eine Bank im Park.

Ich hatte Mama versprochen, spätestens um halb zehn zu Hause zu sein, und das würde ich jetzt nicht schaffen. Aber ich traute mich nicht, etwas zu sagen. Sabinas Augen glänzten schwarz, während sie die ganze Zeit von allem Möglichen redete und laut lachte, als ob nichts passiert wäre.

Alle glauben, Sabina sei tough und dass ihr alles egal ist. Sie redet und lacht viel und zeigt nie, wenn sie traurig ist. Und viele glauben wohl, dass man immer fröhlich ist, wenn man hübsch ist.
Aber ich weiß, dass sie überhaupt nicht so ist, wie alle glauben. Ich kenne sie. Ich weiß, dass sie ständig Angst hat, mit ihrer Mutter könnte etwas passieren. Dass sie betrunken ist, wenn Sabina nach Hause kommt, oder dass sie einfach abhaut, wie sie es manchmal macht. Einmal, als Sabina in die Dritte ging, ist sie vier Tage weggeblieben, ohne anzurufen oder irgendwas. Da hat Sabina bei uns gewohnt. Mama wollte, dass Nadja auch bei uns wohnen sollte, aber Nadja weigerte sich. Sie wollte zu Hause sein, wenn ihre Mama kam, sagte sie. Sie ging nicht mal in die Schule.
Jetzt sah ich, dass Sabina auch wegen Nadja Angst hatte.

Wie feiert man ein Klassenfest?

Donnerstag redeten wir in der letzten Stunde wie üblich über Sachen, die mit der Klasse zu tun hatten. Gunilla erzählte vom Elternabend. Die Eltern waren der Meinung, es müsste etwas zur Verbesserung der Klassengemeinschaft getan werden, sagte Gunilla. Darum wollte sie ein Klassenfest ausrichten.
»Wie findet ihr das?«, fragte sie.
»Gut«, sagte jemand, aber ich hörte Fanny flüstern: »Ätzend.«
Und Tobbe fragte: »Gibt's Alkohol?«
Gunilla tat, als hätte sie es nicht gehört.
»Aber eine Disco gibt's doch?«, fragte Maja. »Wer gute Musik hat, kann ja seine CDs mitbringen.«
Da hob Klein-Kalle die Hand. Klein-Kalle ist kleiner als ich und sieht aus, als ob er in die Dritte ginge. Höchstens.
»Müssen wir tanzen?«, fragte er, und seine Stimme klang, als ob das eine Art Strafarbeit wäre.
»Müssen solche Blödmänner, die nicht tanzen können, überhaupt kommen?«, zischte Fanny.
Weil es Fanny war, die das gesagt hatte, wurde Gunilla nicht wütend.
»Natürlich sollen alle kommen«, sagte sie freundlich. »Da-

rum machen wir doch ein Klassenfest. Alle haben mitzureden. Was möchtest *du* tun, Kalle?«
Klein-Kalle sah verwirrt aus und gab keine Antwort. Emma meldete sich. Sie gehört zu denen, die sich gern um andere kümmern.
»Wir könnten ja was spielen«, sagte sie. »Was, wobei alle mitmachen können.«
»Spielen«, schnaubte Fanny. »Glaubst du, wir sind hier im Kindergarten oder was?«
Tobbe und Emil fingen an »Alle meine Entchen fliegen hoch« zu grölen und machten die Bewegungen dazu, aber sehr übertrieben.
»Wahrheit oder Pflicht«, sagte Sabina.
Gunilla schaute Sabina an und sah, dass sie einen Hörer vom Walkman im Ohr hatte. Nur den einen, weil sie auch noch hören wollte, was die anderen sagten.
»Was hab ich dir gesagt?«, fragte Gunilla. »Nimm sofort das Ding raus!« Offenbar hatte sie heute keine Kraft, sie Sabina wegzunehmen. Vielleicht fand sie es nicht so wichtig, da wir nur Gemeinschaftskunde hatten.
Sabina steckte die Hörer unter die Tischplatte. Tobbe und Emil waren schon beim dritten Gegenstand, der hochflog. Gunilla sagte, sie sollten endlich still sein. Da hörten sie auf zu brüllen, machten aber weiter Bewegungen, immer ausholender und ausholender.
Ich dachte, dass ich etwas sagen müsste. Zeigen, dass ich nicht zu diesen ätzenden Typen gehörte. Ich meldete mich.
»Ja, Nora?«

»Natürlich müssen wir eine Disco haben«, sagte ich. »Wir gehen doch schon in die Sechste.«
Aber obwohl ich Fanny nach dem Mund redete, war es offenbar wieder nicht richtig.
»Nee, alle sollen doch mitreden dürfen«, sagte Fanny mit gezierter Stimme. »Zum Beispiel Karin, was findest du?«
Karin guckte auf die Tischplatte und sagte nichts.
Jonas redet nicht viel, weil er manchmal stottert, und dann lachen die anderen Jungen. Aber jetzt sagte er: »I-i-ich bin Noras Meinung. Klar müssen wir eine D-D-Disco haben, wir g-g-gehen doch schon in die Sechste.«
Natürlich lachten alle und ich hörte jemanden etwas von Jonas-und-Nora flüstern.
Gunilla fand offenbar, dass genügend Vorschläge für das Klassenfest beisammen waren, denn jetzt sagte sie, wir sollten mit unseren Eltern reden und fragen, wer von ihnen bereit wäre mitzumachen. Mindestens drei Eltern müssten den ganzen Abend anwesend sein, sagte sie.
Dann klingelte es und der Schultag war zu Ende.

Sabinas Walkman

Auf dem Weg nach unten redeten Sabina und Fanny weiter über das Klassenfest. Fanny sagte, dass sie auf keinen Fall ihre Eltern fragen wollte. Sie würde sterben, wenn einer von ihnen auf dem Fest erschiene. Übrigens hätten sie sowieso keine Zeit. Sabina sagte nichts. Jeder weiß, dass ihre Mutter keine ist, die sich um Klassenfeste kümmert. Sie kommt nicht mal zu Elternabenden.
Ich dachte, dass ich Mama vielleicht fragen würde. Sie ist gut in so was. Sie mischt sich nicht ein und blamiert sich nicht vor den anderen. Sabina mag sie, und sogar Fanny hat einmal im Frühling gesagt, dass meine Mutter in Ordnung ist.
Dann fing Fanny an, mich wegen Jonas zu ärgern. Sie sagte, er sei verliebt in mich, und ahmte sein Stottern nach:
»I-i-ich liebe d-d-dich, N-n-nora.«
Wir waren auf dem Schulhof angekommen und auf dem Weg zum Ausgang, als Sabina plötzlich stehen blieb.
»Nein!«, rief sie. »Mein Walkman!«
»Och«, sagte Fanny, »lass ihn doch bis morgen.«
»Bist du verrückt«, sagte Sabina. »Wenn ihn jemand klaut!«
»Dann hol ihn doch«, sagte ich. »Wir warten.«
Sabina schaute zu unserem Klassenzimmerfenster im dritten Stock hinauf. Sie sah aus, als ob sie den Mount Everest er-

klimmen sollte, um ihren Walkman zu holen. Diesen Ausdruck kannte ich. So hat sie geguckt, als ich ihr in der Ersten ihre Schulbücher getragen und in der Vierten ihren Turnbeutel in der Werkstunde fertig genäht habe.
»Ich schaff es nicht«, sagte sie.
»Dann lass es eben bleiben«, sagte Fanny und ging auf den Ausgang zu.
»Ich hol ihn«, sagte ich, »wenn ihr wartet.«
»Klar warten wir«, sagte Sabina.

Ich lief die Treppen hinauf. Meine Schritte hallten in der Stille wider. Im zweiten Stock ertönte Musik aus dem Musiksaal. Flötenmusik.
Gunilla war gegangen, aber zum Glück hatte sie die Tür nicht abgeschlossen, weil die Putzfrau noch in der Nachbarklasse putzte. Ich hob Sabinas Tischplatte an. Da war ein einziges Durcheinander von Büchern und losen Blättern, abgebrochenen Buntstiften und Kreiden. Eine alte Nummer von einer Mädchenzeitschrift ohne Umschlag, eine leere zusammengeknüllte Bonbontüte und ein kleiner Spiegel. Und ihr Walkman.
Ich blätterte nur kurz in der Illustrierten. Dann nahm ich den Walkman und schloss die Tischplatte. Sabinas Platz ist in der Reihe am Fenster, hinter meinem. Ich warf einen Blick hinaus und sah Sabina und Fanny am Ausgang zum Neuen Platz stehen und mit Tobbe und Emil reden.

Ich brauchte bestimmt nicht mehr als zwei Minuten, um die

Treppen hinunterzulaufen. Aber als ich auf den Schulhof kam, waren sie nicht mehr da. Sie waren nirgends zu sehen. Da stand ich mit Sabinas Walkman in der Hand und fragte mich, wohin sie gegangen sein mochten.
Sie hatten versprochen zu warten, aber jetzt waren sie weg.
Sie hatten mich vergessen. Als ob ich gar nicht zählte. Als ob es mich nicht gäbe.
Ich steckte mir die Hörer ein und startete das Band. Es war dieselbe Musik wie üblich, dieser italienische Sänger. Warum vergesse ich immer seinen Namen?
Ich stellte die Musik ganz laut und ging nach Hause.

Abends lag ich auf meinem Bett und hörte mir die Lieder an, die Sabina so gern hat, wieder und wieder. Plötzlich riss Anton die Tür zu meinem Zimmer auf. Er klopft nie an, obwohl ich einen Zettel an meine Tür gehängt habe.
»Weißt du, wann Mama nach Hause kommt?«, grölte er.
Das wusste ich nicht und gab ihm keine Antwort.
Er kam an mein Bett und versuchte mir die Ohrhörer wegzunehmen. Er glaubte wahrscheinlich, dass ich ihn nicht verstanden hatte. Ich hielt sie fest.
»Lass das!«, schrie ich. »Die können kaputtgehen.«
Ich stieß Anton mein Knie in den Bauch und versuchte ihn wegzuschubsen. Er war stärker als ich, aber er hatte offenbar keine Lust, sich zu prügeln.
»Wo hast du den denn her?«, fragte er.
»Geht dich nichts an! Und komm hier nicht immer ohne Anklopfen rein.«

»Was ist denn mit dir los?«, sagte er. »Neuerdings bist du dauernd zickig.«
Ich wusste selbst nicht, warum ich so wütend war. Ich wollte nur, dass er verschwand. Alle Menschen sollten verschwinden.
»Raus!«, brüllte ich und meine Stimme kippte.
»Raus!«, ahmte Anton mich nach. »Huch, jetzt hab ich's aber mit der Angst gekriegt.«
Ich sprang vom Bett und begann seine Brust mit den Fäusten zu bearbeiten. Er packte meine Handgelenke, und ich dachte schon, er würde mich schlagen. Aber er schubste mich nur aufs Bett und ging. Die Tür ließ er offen.
Ich stand auf und knallte sie zu. Dann stellte ich den Walkman ab und stopfte ihn zwischen meine Unterwäsche in der obersten Kommodenschublade.

Die Lüge

Dort ließ ich ihn liegen, als ich am nächsten Morgen in die Schule ging. Wenn Sabina mich um Entschuldigung gebeten hätte, als wir uns morgens im Flur begegneten, hätte ich gesagt, dass ich ihn zu Hause vergessen habe. Wenn sie gesagt hätte, dass sie mit Tobbe und Emil zusammen waren und mich vergessen hätten und dass es ihr furchtbar Leid tat. Aber sie sagte nichts dergleichen.
»Hast du meinen Walkman?«, fragte sie nur.
»Nein«, sagte ich.
»Was soll das heißen, nein?«
»Er war nicht da.«
»Was redest du für einen Scheiß?« Sabinas Stimme klang erregt.
»Er lag nicht an deinem Platz«, sagte ich ganz ruhig.
»Du machst wohl Witze!«
»Nein.«
Sie guckte sich um, als ob sie erwartete, der Walkman müsste irgendwo auftauchen. In dem Augenblick öffnete Gunilla die Tür zum Klassenraum und ließ uns hinein.
»Er muss aber hier sein!«, sagte Sabina und drängelte sich vor allen anderen in die Klasse.

Etwas muss ich wohl erklären. Ein Walkman ist ja ein ziemlich teures Ding, das man sich nicht mal eben fürs Taschengeld leisten kann. Aber die meisten in der Klasse würden wahrscheinlich einen neuen zu Weihnachten oder dem nächsten Geburtstag bekommen, wenn sie ihren verloren hätten. Fanny würde noch am selben Tag einen kriegen, wenn sie wollte.

Bei Sabina ist das anders. Sie bekommt fast nichts von ihrer Mutter, nicht mal Taschengeld. Sie trägt hübsche Klamotten, aber das meiste hat sie von Nadja geerbt, die abends in einem Videoladen jobbt und eigenes Geld verdient. Sabina hat sich das Geld für den Walkman mit Dosen- und Flaschensammeln zusammengespart. Sie hat gesagt, das Geld sollte für die Klassenreise sein. Innerhalb von zwei Wochen hat sie dreihundert Kronen zusammengekriegt.

Wenn Sabina ihren Walkman verlor, würde ihr also niemand einen neuen kaufen.

Sie stürzte zu ihrem Platz, klappte die Tischplatte hoch und fing an, in dem Durcheinander zu wühlen. Zettel flogen auf den Fußboden und ein Stück Kreide rollte unter meinen Stuhl.

Gunilla stand mit gekreuzten Armen da und guckte ihr zu.

»Bist du bald fertig, Sabina?«, fragte sie nach einer Weile.

»Mein Walkman!«, schrie Sabina.

»Beruhige dich«, sagte Gunilla. »Was ist passiert?«

»Jemand hat meinen Walkman geklaut«, sagte Sabina.

Da guckte Karin mich an. Es war ein merkwürdiger Blick.

Als ob sie etwas wüsste, aber ich konnte mir nicht vorstellen, wie das möglich sein sollte.

»Bist du sicher, dass du ihn nicht woanders vergessen hast?«, fragte Gunilla. »Vielleicht im Werkraum? Oder im Esssaal? Oder vielleicht zu Hause?«

»Du hast doch selbst gesehen, dass ich ihn in der letzten Stunde noch hatte«, sagte Sabina. »Als wir über das Klassenfest diskutiert haben.«

Ihre Stimme klang fast so, als wollte sie anfangen zu weinen. In dem Augenblick tat es mir Leid, aber es war zu spät. Jetzt konnte ich nicht mehr sagen, dass ich ihn bei mir zu Hause hatte. Nicht mal, wenn ich gesagt hätte, es sei nur ein Scherz gewesen. Sabina kann es nicht ertragen, wenn man mit ihr Scherze treibt, nicht auf diese Weise.

»Du weißt sehr wohl, dass ihr kein Geld oder andere wertvolle Gegenstände an eurem Platz liegen lassen dürft«, sagte Gunilla. »Geh in der Pause zum Hausmeister und frag ihn.«

Fannys Platz war leer. Die halbe Klasse hatte in diesen Wochen Halsschmerzen und Fieber und jetzt hatte es offenbar Fanny erwischt.

In der Zwanzig-Minuten-Pause bat Sabina mich, mit ihr zum Hausmeister runterzugehen. Natürlich hatte er ihren Walkman nicht gesehen. Wir gingen auf den Schulhof und setzten uns auf das Klettergerüst. Sabina sah traurig aus.

Es war, als ob ich mich selbst sähe, aus weiter Entfernung. Dort saß ich neben Sabina auf dem Klettergerüst und war ihretwegen traurig. Versuchte sie damit zu trösten, dass der

Walkman bestimmt wieder auftauchen würde. Aber ich wusste ja, dass er in meiner Kommodenschublade zwischen der Unterwäsche lag und nicht wieder auftauchen würde, wenn ich ihn nicht zurückgab. Und das konnte ich nicht, nicht jetzt.
Sabina redete die ganze Zeit darüber, wer ihren Walkman geklaut haben könnte. Ich glaube nicht, dass sie mich verdächtigte. Sie konnte sich bestimmt nicht vorstellen, dass ich so etwas tun könnte. Ich war nervös und wollte ihre Gedanken auf eine andere Spur lenken.
»Komisch, dass Fanny ausgerechnet heute krank ist«, sagte ich.
»Wieso?«, sagte Sabina ungeduldig. »Was ist denn daran komisch?«
»Denk mal an gestern«, sagte ich. »Da wollte sie nicht, dass du zurückgehst und den Walkman holst.«
»Was meinst du damit?«
»Nichts«, sagte ich. Jetzt kam es darauf an, vorsichtig zu sein.
»Doch, nun sag schon!«
»Nein, es ist nichts.«
Ich wollte auf keinen Fall, dass Fanny zu Ohren käme, ich hätte sie verdächtigt, den Walkman geklaut zu haben. Übrigens war das albern. Sie hatte die Klasse ja zusammen mit Sabina und mir verlassen. Sie hatte gar keine Gelegenheit gehabt, den Walkman zu nehmen. Und warum hätte sie es auch tun sollen, sie besaß ja selbst einen CD-Walkman und einen normalen.
Ich weiß nicht, was Sabina dachte, aber sie sagte: »Es ist ko-

misch mit Fanny. Wenn man tut, was sie will, ist sie wahnsinnig nett, aber sonst ...«
»Mmm«, machte ich und tat verständnisvoll.
Sabina wickelte eine Strähne ihres schwarzen Haares um ihren Finger.
»Manchmal hab ich sie ziemlich satt«, sagte sie.
»Ich auch«, sagte ich.
»Erzähl ihr das bloß nicht«, sagte Sabina.
»Ist doch klar, mach ich nicht.«
»Wenn du willst, können wir in der großen Pause zu mir nach Hause gehen«, sagte sie. »Kommst du mit?«

Sabina und ich

Zuletzt war ich vor den Sommerferien bei Sabina zu Hause gewesen. Bei mir war sie übrigens auch nicht mehr gewesen. Früher sind wir nach der Schule oft zu mir nach Hause gegangen. Man konnte nie wissen, was mit Sabinas Mutter war, und dort gab es auch selten was zu essen. Aber als wir in die Dritte und Vierte gingen, waren wir manchmal bei Sabina und probierten Nadjas Schminke und Kleider vorm Spiegel in ihrem gemeinsamen Zimmer aus.

Im Flur war es dunkel, die Zimmertüren waren geschlossen, nur die Tür zu Sabinas Zimmer ganz am Ende des Flurs nicht. Von dort fiel ein Lichtstreifen auf den Flurboden.

»Mama?«, fragte Sabina halblaut.

Es war elf, aber Sabinas Mutter kann zu jeder Tageszeit schlafen.

Die Stimme kam aus dem Schlafzimmer.

»Bist du da? Ist die Schule schon aus?«

»Nein, wir haben Pause«, sagte Sabina. »Ich hab Nora mitgebracht.«

Meine Mama wäre angestürzt gekommen und hätte geredet und etwas zu essen vorbereitet. Aber Sabinas Mutter rief nur: »Dann geht in dein Zimmer. Ihr könnt euch etwas aus dem Kühlschrank nehmen.«

»Nein, wir haben schon gegessen«, sagte Sabina.
Das hatten wir gar nicht. Aber ich hatte sowieso keinen Hunger.
Sabinas und Nadjas Zimmer war die zweite Tür links. Die erste führt ins Bad. Als ich gerade vorbeigehen wollte, öffnete sich die Tür, und ein Mann kam mit einem Handtuch über der Schulter heraus. Er war nackt!
Ich wusste nicht, wo ich hingucken sollte. Er stand genau vor uns und war so groß, dass er den ganzen Flur auszufüllen schien.
Der Mann sah uns an und grinste.
»Hoppla«, sagte er. »Na ja, darfst gratis gucken.«
Sabinas Mutter, eingehüllt in einen Morgenrock, tauchte in der Schlafzimmertür auf. Sie ist noch sehr jung und eigentlich hübsch. Sie sieht Sabina und Nadja ähnlich, oder besser gesagt, die beiden sehen ihr ähnlich, aber sie ist nicht so dunkel wie die beiden. Das schwarze Haar und die dunklen Augen haben sie von ihrem Vater, der abgehauen ist, als Sabina geboren wurde. Er hielt es wohl nicht aus mit zwei kleinen Kindern und einer Frau, die gerade neunzehn war, sagt Sabina. Sie hat ihn nie gesehen, weil er nach Italien zurückgegangen ist.
Als wir klein waren und in den Kindergarten und in die erste Klasse gingen, waren alle neidisch auf Sabina, weil sie so eine junge und hübsche Mama hatte. Aber nur wenige Jahre, nachdem sie dreißig geworden war, bekam sie dunkle Ringe unter den Augen und harte Linien um den Mund. Jetzt war ihr Haar zerrauft und auf ihren Wangen klebte die Augen-

schminke von gestern. Sie schrie den Mann mit dem Handtuch an: »Lass verdammt noch mal die Kinder in Ruhe!«
Zu Sabina sagte sie: »Ich hab doch gesagt, ihr sollt in dein Zimmer gehen.«
Sabina riss die Tür auf, ohne zu antworten.
»Wer war das denn?«, fragte ich, als sie die Tür hinter uns zugemacht hatte.
»Keine Ahnung«, sagte sie.
Im Zimmer war es halbdunkel. Das Rollo war noch heruntergezogen. Sabina ließ es mit einem Knall hochschnellen. Dann nahm sie einen Arm voll Kleider und Sachen von ihrem Bett und ließ alles auf den Fußboden fallen, so dass ich mich setzen konnte. In Sabinas und Nadjas Zimmer gibt es nicht viele Möbel. Zwei Betten, eine Kommode, die sie sich teilen, einen Schminktisch, der Nadja gehört, und einen kaputten Sessel, in dem man nicht sitzen kann. Über Nadjas Bett hing ein riesiges Schwarzweiß-Bild von einem Jungen mit nacktem Oberkörper und glänzenden, schwellenden Muskeln.
Sabina setzte sich an den Tisch und sprühte sich mit ein wenig Parfum ein.
»Nadjas«, sagte sie. »Möchtest du auch?«
Ich schüttelte den Kopf, aber sie besprühte mich trotzdem ein bisschen. Dann frischte sie die Mascara an ihren Wimpern auf. Nach den Sommerferien hatte sie angefangen, sich zu schminken, ein bisschen schwarz um die Augen und einen hellbraunen Lippenstift. Dadurch kriegten ihre Lippen dieselbe Farbe wie das übrige Gesicht.
»Komm!«, sagte sie. »Ich schmink dich mal.«

Ich setzte mich vor den Schminktisch und ließ sie machen. Es war wie früher, als wir noch jünger waren, aber jetzt war es kein Spiel mehr wie damals. Da haben wir immer alles abgewischt, bevor wir das Zimmer verließen. Mir gefiel es, sie so nah bei mir zu haben, über mein Gesicht gebeugt, so dass eine ihrer Haarsträhnen auf meine Wange fiel.

»Du hast hübsche Augen«, sagte Sabina und arbeitete mit dem Pinsel. Ich hatte Angst, sie könnte mich ins Auge stechen, und ich wusste, dass ich nicht blinzeln durfte. Ich riss die Augen ganz weit auf und kriegte ein ganz starres Gefühl. Mit den Augen war sie fertig. Jetzt zog sie mit einem braunroten Stift eine Kontur um meine Lippen. Das kitzelte. Dann zog sie ein wenig mit dem hellbraunen Lippenstift nach. Schließlich tupfte sie Cremepuder auf meine Wangen. Ihre Hände waren so leicht, wenn sie mich berührte. Ich schloss die Augen.

»Fertig!«, sagte sie und musterte mich.

Ich betrachtete mich im Spiegel. Das war ich und ich war es auch nicht. Ich verkleidet als Jugendliche. Ein komisches Gefühl.

»Kommst du heute Abend auch raus?«, fragte Sabina.

Ich glaubte fast, mich verhört zu haben. Seit über einem Monat hatte sie mich nicht ein einziges Mal gefragt, ob ich mitwollte. Und jetzt fragte sie, als ob das die selbstverständlichste Sache der Welt wäre. Ich nickte.

»Du bist oft unterwegs, nicht?«, sagte ich, damit sie nicht merkte, wie froh und verlegen ich war.

»Zu Hause kann ich nicht sein«, sagte Sabina. »Du hast es ja selbst gesehen. Mama und Nadja fetzen sich und ...«
Sie brach ab.
»Versprichst du mir, nichts weiterzusagen?«
Ich begriff, dass es etwas Wichtiges war, und nickte wieder.
»Ehrenwort?«
»Ja.«
Sie holte tief Luft. »Nadja kriegt ein Kind.«
»Ein Kind?«, wiederholte ich dämlich.
»Ja. Und sie will nicht sagen, wer der Vater ist. Mama schimpft, und dann sagt Nadja, sie soll lieber den Mund halten, sie hat es ja schon mit fünfzehn geschafft, und dann schreit Mama, sie hätte wenigstens einen Vater für das Kind gehabt, und dann Nadja: *An dem hatten wir auch viel Freude!*«
Sabina verstummte.
»Du sagst es doch nicht weiter?«, fragte sie wieder. »Ich hab es noch niemandem erzählt.«
Niemandem. Das bedeutete: auch Fanny nicht. Nur mir hatte sie es erzählt. Ich war froh und stolz. Jetzt waren wir wieder Sabina und ich, wie es immer gewesen war.

Man vergisst so leicht. Man ist traurig und verletzt, man sehnt sich und hofft, und wenn man bekommt, wonach man sich gesehnt hat, vergisst man all das Traurige, als ob es nur ein Traum gewesen wäre. Obwohl man eben noch einsam gewesen ist, glaubt man, dass man es nie wieder sein wird.

Du kannst dich auf mich verlassen

Es hielt einen ganzen Tag. Sabina ging früh, weil sie zum Zahnarzt musste.
»Wir sehen uns heute Abend«, sagte sie. »Ich hol dich ab.«
Als ich nach Hause ging, wartete Karin am Schultor auf mich. Ich tat so, als hätte ich sie nicht gesehen.
»Warte«, sagte sie. »Wollen wir zusammen gehen?«
Ich ging weiter, ohne zu antworten. Sie folgte mir. Ich ging schneller. Sie ging noch schneller und kam aus der Puste. Sie hat wirklich keine Kondition.
»Was willst du?«, fragte ich schließlich.
»Darf ich mit zu dir nach Hause?«, sagte sie. »Ich könnte dir bei Mathe helfen.«
Bist du verrückt, wollte ich gerade sagen. Hau ab und lass mich zufrieden. Aber ehe ich etwas sagen konnte, kam sie dicht an mich heran und flüsterte: »Du kannst dich auf mich verlassen. Ich werde niemandem was verraten. Niemandem.«
Sie war mir so nah, dass ich ihren Atem spürte und ihre Seife roch. Genau so nah wie Sabina einige Stunden zuvor. Sie musste den Duft von Nadjas Parfum wahrnehmen.
»Wovon redest du?«, fragte ich.
»Sabinas Walkman«, antwortete sie. »Ich hab dich gesehen, als du gestern aus der Klasse gekommen bist.«

Da fiel mir die Flötenmusik ein, die ich auf dem Weg ins Klassenzimmer gehört hatte – aber auf dem Weg nach unten nicht. Sie musste gleich nach mir mit ihrem Flötenkasten herausgekommen sein.

Die Gedanken in meinem Kopf überstürzten sich. Sabina wird ihr nicht glauben, dachte ich. Warum sollte sie Karin mehr glauben als mir?

Aber der Walkman war weg, und ich war es, die zurückgegangen war, um ihn zu holen. Es war schon merkwürdig, dass Sabina mich nicht verdächtigte. Und Karin hatte keinen Grund zu lügen.

Wenn Karin zu Sabina ging und ihr erzählte, was sie gesehen hatte, könnte sie alles zwischen Sabina und mir wieder kaputtmachen. Alles, was heute wieder begonnen hatte.

Das Risiko wagte ich nicht einzugehen.

Früher habe ich mich über Karin geärgert und gleichzeitig Mitleid mit ihr gehabt. Jetzt hasste ich sie, weil sie Macht über mich hatte.
Ich möchte wissen, was sie dachte. Ob sie glaubte, sie könnte mich zwingen, ihre Freundin zu werden. Oder ob sie sich irgendwie einbildete, wir wären schon seit dem Abend im Park Freundinnen.
Ob das Ganze vielleicht gar keine Erpressung war, was sie da trieb, vielleicht hatte sie das mit dem Walkman nur zum Beweis ihrer Freundschaft gesagt? Zum Beweis, dass sie mich niemals verraten würde. Dass ich mich auf sie verlassen kann.
Vielleicht hab ich sie ganz und gar missverstanden?
Aber wenn ich keine Angst gehabt hätte, dass sie mich verraten würde, hätte ich sie nicht mit nach Hause genommen.

*Ein Pullover mit Silberaufdruck
und ein rotes Kleid*

Während Karin und ich am Küchentisch saßen und Matheaufgaben lösten, kam Anton in die Küche. Er öffnete den Kühlschrank und trank einen Schluck Milch direkt aus der Packung. Karin starrte ihn an, als ob er ins Essen gespuckt hätte oder noch Schlimmeres. Anton merkte natürlich nichts. Er grunzte etwas und ging wieder in sein Zimmer.
Von allem, was in Mathe schwer ist, ist Prozentrechnen das Schwerste. Ich kapier überhaupt nichts, und wenn Mama mir zu helfen versucht, macht sie es so kompliziert, dass es noch unverständlicher wird. Aber Karin konnte wirklich gut erklären. Ich hatte schon mehrere Aufgaben richtig gelöst, als Mama nach Hause kam.
Sie hatte noch ihren Mantel an, Kalle auf dem einen Arm, zwei Einkaufstüten und einen großen Beutel von einem Kleidergeschäft in den Händen. Ich versteh nicht, wie sie es schafft, ständig so viel zu tragen. Sie setzte Kalle auf meinen Schoß und stellte die Einkaufstüten auf die Küchenbank.
»Kannst du ihm bitte den Overall ausziehen?«, sagte sie und zu Karin: »Hallo, ich bin Noras Mama, ich heiße Lena.«
Karin stand auf, streckte die Hand aus und machte einen Knicks. »Karin Eriksson.«

Mama sah erstaunt aus und nahm Karins Hand. Sie schaute zu unseren Matheheften auf dem Tisch und sagte: »Ach, ihr macht zusammen Hausaufgaben! Prima.«

Kalle wand sich wie ein Wurm, aber ich schaffte es, ihm den Overall auszuziehen. Er glitt auf den Fußboden und fing an, mit ein paar vergessenen Legoteilen unter dem Küchentisch zu spielen.

Mama ließ Wasser in einen großen Topf laufen und stellte ihn auf den Herd. Dann packte sie die Einkaufstüten aus. Den Mantel hatte sie immer noch nicht ausgezogen.

Ich schielte zu der Kleidertüte.

»Was hast du gekauft?«, fragte ich.

»Spaghetti«, sagte Mama, mir den Rücken zugewandt.

»In der anderen Tüte.«

»Ach so, das.« Sie drehte sich um, öffnete die Tüte und holte ein Kleid heraus. Es war rot, langärmelig und tief ausgeschnitten. Der Stoff war dünn und glänzend.

Mama hielt sich das Kleid vor und posierte in verschiedenen Stellungen wie ein Fotomodell. Es war jetzt schon zu sehen, dass ihr das Kleid sehr gut stehen würde.

»Hübsch, nicht?«, sagte sie. »Aber ich muss aufpassen, wenn ich mich vorbeuge, damit mir die Brüste nicht rausrutschen.«

Karin wurde rot.

»Es ist sehr schön«, sagte ich. »War das teuer?«

»Nicht so sehr«, sagte Mama. Aber ich sah, dass sie das Preisschild schnell abriss und in die Mülltüte warf.

Dann guckte sie noch einmal in die Kleidertüte und holte eine zweite, kleinere Tüte hervor.

»Bitte schön«, sagte sie und reichte mir die Tüte. »Für das Klassenfest.«
Es war ein Pullover, der schwarze mit dem Silberaufdruck!

Ich probierte den Pullover vorm Spiegel in meinem Zimmer an. Mir stand er nicht so gut wie der Schaufensterpuppe. Bei ihr spannte er sich über der Brust, die spitz herausragte. Aber ich hab ja nichts, was herausragen kann, leider.
Karin stand hinter mir und guckte zu. Sie sagte nichts zu dem Pullover.
»Ich darf nicht mit aufs Klassenfest«, sagte sie.
»Warum nicht?«
»Die glauben, es könnte was passieren.«
»Wer?«
»Meine Eltern.«
Ich versuchte zu kapieren, was sie meinte. Was sollte passieren? Was könnte auf einem Klassenfest passieren?
»Was denn?«
»Mit einem Jungen«, sagte sie.
Ich musste fast lachen, biss aber die Zähne zusammen.
» ... dass du ... oder einer von den Jungen ...?«
Sie nickte ernst.
»Du?«, sagte sie. »Jonas mag dich, oder?«
Alle hatten offenbar beschlossen, mich mit Jonas zu verkuppeln.
»Ich find ihn eklig!«, sagte ich. »Red nie wieder mit mir von ihm, klar?«
Sie nickte und guckte auf den Fußboden.

Wenn du nur mal fragen würdest, was ich will!

Ich zog meinen alten Pullover wieder an. Den neuen wollte ich bis zum Klassenfest schonen. Als wir zurück in die Küche kamen, roch es nach Essen.
»Gibt's bald was zu essen?«, fragte ich.
Ich dachte, dass Karin dann bestimmt nach Hause gehen würde. Ich wusste nicht, wann Sabina mich abholen würde, aber ich wusste, dass ich Karin bis dahin los sein musste.
»In zehn Minuten«, sagte Mama. Dann drehte sie sich zu Karin um. »Du kannst gern mit uns essen, wenn du willst. Es gibt Spaghetti mit Fleischsoße.«
»Danke«, sagte Karin, »aber das darf ich wohl nicht.«
Ich atmete auf, manchmal ist Mama ein hoffnungsloser Fall.
»Du kannst doch zu Hause anrufen?«, sagte sie. »Das Telefon steht im Flur.«
Karin ging hinaus. Ich hörte die leisen Piepstöne, als sie wählte.
»Deckst du bitte den Tisch, Nora?«, fragte Mama.
»Wenn du nur mal fragen würdest, was ich will«, fauchte ich und wischte die Mathebücher und -hefte und Stifte mit einer einzigen Bewegung vom Tisch.
»Ich dachte ...«, sagte Mama. »Du bringst ja nie mehr jemanden mit. Was ist los mit Sabina?«

Das fragte sie, ausgerechnet jetzt!
Aus dem Flur war Karins Stimme zu hören: »Ich bin bei Nora ... einem Mädchen aus meiner Klasse. Ich helfe ihr bei den Hausaufgaben. Darf ich hier essen?«
Sie verstummte. Nach einer kleinen Weile steckte sie den Kopf zur Küchentür herein.
»Entschuldigung«, sagte sie. »Sie möchte etwas fragen ...«
»Mich?«, sagte Mama.
Karin nickte. Mama ging ans Telefon.
»Nein«, hörte ich sie sagen. »Es macht überhaupt keine Umstände. Das Essen ist schon fertig und es reicht auch für Karin. Ich koche immer ein bisschen mehr, wenn eins der Kinder Freunde mitbringt ... Natürlich, dann machen wir es so. Ich werde dafür sorgen, dass sie spätestens um sieben zu Hause ist.«

Es wurde ein komisches Essen. Karin starrte Kalle an, der mit den Spaghetti spielte und sie wie weiße Würmer auf den Tisch und den Fußboden und seinen eigenen Kopf ringeln ließ. Anton starrte auf Karins Brüste, als ob er hypnotisiert wäre, während er eine Ladung Spaghetti und Fleischsoße nach der anderen in sich hineinschaufelte.
Karin hatte keine Milch genommen. Mama guckte zu ihrem leeren Glas und sagte: »Möchtest du keine Milch haben, Karin?«
Karin wurde rot und murmelte: »Ich brauche keine.«
»Magst du keine Milch?«, beharrte Mama. »Oder bist du allergisch? Möchtest du etwas anderes? Saft vielleicht?«

»Das ist wirklich nicht nötig«, murmelte Karin. Sie streckte sich nach der Milchpackung. Dann nahm sie eine Papierserviette und wischte die Öffnung ab, ehe sie sich Milch eingoss. Anton starrte sie an. Mama versuchte gerade Kalle zu füttern und merkte nichts.

Der Zeiger der Küchenuhr bewegte sich langsam vorwärts. Der Sekundenzeiger tickte eine Runde, und dann schnellte der Minutenzeiger vor. Tick-tick-tick-tick – hupps. Jetzt zeigte er achtzehn Minuten vor sieben.

Bald, dachte ich, bald sind wir mit Essen fertig. Dann ist es vielleicht zehn vor sieben. Gerade genügend Zeit für Karin, um die Schulbücher einzupacken, sich bei Mama fürs Essen zu bedanken und Jacke und Schuhe anzuziehen. Wenn sie Sabina bloß nicht noch im Treppenhaus begegnet!

Da klingelte es an der Tür. Ich wurde ganz starr.

Anton wollte schon aufstehen.

»Ich geh aufmachen«, sagte ich schnell und stürzte zur Tür.

»Bist du fertig?«, fragte Sabina.

»Nein«, murmelte ich, »wir essen noch.«

Ich versuchte so zu stehen, dass sie nicht in die Küche gucken konnte. Leider hat Mama die Tür ausgehängt, sonst hätte ich sie zugemacht. Ich hoffte, dass Sabina nicht den Esstisch und die, die darum herum saßen, sehen konnte.

»Soll ich reinkommen und warten?«, fragte sie.

Ich wusste, dass sie sauer gewesen wäre, wenn ich nein gesagt hätte. Aber ich konnte sie doch nicht hereinlassen. Während Karin da war.

»Geh lieber schon vor«, sagte ich. »Ich komm gleich nach.«
»Mach das«, sagte sie. »Tschüs.«
Sie sagte nicht, wo wir uns treffen sollten, oder: *Beeil dich*, nicht mal: *Bis gleich*. Sie verschwand einfach die Treppe hinunter und war weg.

Ich sagte zu Mama, dass ich Karin ein Stück begleiten und gleichzeitig Cookie ausführen wollte. Als ich Karin endlich los war, ging ich in den Park. Sie standen an dem üblichen Platz. Sabina tuschelte mit Maja.
Tobbe sah mich als Erster.
»Guckt mal«, rief er, »was für ein hässlicher Hund! Der sieht ja aus wie ein Schwein.«
Okay, Cookie ist keine Schönheit, aber wie ein Schwein sieht sie wirklich nicht aus.
»Ich dachte, das *ist* ein Schwein«, sagte Emil. »Ist es denn keins?«
Sabina und Maja kicherten.
»Nöff, nöff«, fingen die anderen an. »Nöff, nöff!«
Alle lachten.
Cookie ist ein dummer Hund. Sie denkt von allen immer nur das Beste und fand die lachenden Kinder lustig. Sie kläffte und riss an der Leine und wollte zu ihnen. Sie kapierte nicht, dass sie über sie lachten.
Vielleicht lachten sie auch gar nicht über Cookie. Vielleicht lachten sie über mich.

Sabina hat keine Geheimnisse vor mir

Am nächsten Tag war Fanny immer noch krank. In der letzten Stunde, kurz bevor es klingelte, fragte Gunilla, wer von uns ihr die Hausaufgaben bringen wollte. Ihre Mutter hatte angerufen und gebeten, sie ihr zu bringen.
Ich schaffte es, mich vor Sabina zu melden.
»Gut«, sagte Gunilla. »Vergiss nicht die englischen Vokabeln.«
In Fannys Tisch herrschte perfekte Ordnung. Die Bücher lagen auf einem Haufen, die Schreib- und Matheefte auf einem anderen. Normale Stifte steckten in einem Etui, Farbstifte in einem anderen. Einen Taschenrechner hatte sie auch, obwohl wir in der Schule keinen benutzen dürfen.
»Und vergesst nicht, mit euren Eltern über das Klassenfest zu reden«, wiederholte Gunilla zum x-ten Mal. »Mindestens drei Erwachsene müssen dabei sein.«
»Meine Mutter kommt«, sagte ich.
»Gut«, sagte Gunilla wieder.

Ich war noch nie bei Fanny zu Hause gewesen. Sie öffnete mir selbst die Tür. Sie trug einen Morgenmantel und hatte einen Schal um den Hals gewickelt. Von irgendwo weiter weg ertönte das Geräusch von einem Staubsauger.

»Ist deine Mutter zu Hause?«, fragte ich.
Sie sah erstaunt aus. Dann verstand sie, dass ich den Staubsauger meinte.
»Das ist nur unsere Putzhilfe«, sagte sie.
Fannys Zimmer ist größer als unser Wohnzimmer. Sie hatte eine richtige Sitzgruppe und eine Wand mit Bücherregalen. Darin standen eine Stereoanlage, ein Fernseher mit Video und ein Computer. In einem riesigen Aquarium schwammen hübsche bunte Fische.
Ich holte die Bücher aus meinem Rucksack und gab sie ihr.
»Wie war's in der Schule?«, fragte sie.
»Wie immer«, sagte ich.
»Ist Sabina auch krank?«
»Nein, wieso?«
»Ich dachte, nur so«, antwortete sie. »Weil sie mir sonst die Hausaufgaben gebracht hätte.«
»Sie hatte wohl keine Zeit«, sagte ich und hatte das Gefühl, dass ich jetzt endlich am Ball war. *Jetzt dribble ich euch beide aus*, dachte ich.
»Hatte sie was Besonderes vor?«, fragte Fanny. Ihr war anzumerken, dass ihr viel daran lag, das zu erfahren.
»Neeiin«, sagte ich. »Nicht, dass ich wüsste. Wahrscheinlich ist sie mit Maja zusammen. Gestern Abend waren sie auch zusammen. Ich hab versprochen, nichts zu sagen, aber ...«
»Sabina hat keine Geheimnisse vor mir«, sagte Fanny scharf.
Es war, als ob sie mich durchschaute. Als ob sie mir den Ball abnähme und sagte: *Hör doch auf, darauf fällt keiner rein.*
Ich hatte es eigentlich wirklich nicht sagen wollen. Ich wollte

nur, dass Sabina und Fanny sauer aufeinander waren, aber ich wollte nichts zwischen Sabina und mir zerstören, nicht mehr jedenfalls als das, was schon zerstört war.
Aber als Fanny das sagte, ging etwas in mir kaputt.
Sabina hat keine Geheimnisse vor mir.
»Hat sie das wirklich nicht?«, sagte ich.
Fanny begriff sofort, dass ich etwas Bestimmtes meinte.
»Was?«, fragte sie. »Was hat sie gesagt?«
»Das kann ich dir nicht erzählen. Ich hab's versprochen.«
»Sag es!«, befahl sie.
»Nadja kriegt ein Kind«, sagte ich.
»Das weiß ich doch!«, sagte Fanny. »Das hat sie mir schon längst erzählt.«
Selbst wenn ich nicht gewusst hätte, dass sie log, hätte ich es an der Art gemerkt, wie sie das sagte.

Es ist merkwürdig: Während etwas geschieht, merkt man nicht, wie das eine Ereignis in das andere greift. Wie jemand etwas sagt, das einen anderen traurig macht oder verärgert, und dann ist die andere Person an der Reihe, etwas zu sagen oder etwas zu unternehmen, vielleicht nicht einmal gegen den, der angefangen hat, sondern gegen jemanden, der zufällig da ist. Und wer hat eigentlich angefangen? Gibt es einen Anfang? Oder ein Ende?
Wenn ich an diesen Herbst zurückdenke, sehe ich die Ereignisse deutlich wie in einem Film. Als ob es selbstverständlich wäre, dass das eine zum anderen führen würde. Dass Fanny sich an mir rächen wollte, nachdem ich ihr das von Sabina erzählt hatte, und dann würde ich versuchen mich zu verteidigen, und dann sie, und dann ich, bis Karin plötzlich diejenige war, die zufällig im Weg stand.

Die normale alte Nora

Zehn Minuten vor Beginn des Klassenfestes stand ich im Bad und versuchte mir die Augen zu schminken. Ich hatte mir einen schwarzen Stift gekauft und ihn angespitzt, aber wie sehr ich mich auch abmühte, ihn ruhig zu halten, der Strich wurde immer zu dick und ungleichmäßig.
Wütend starrte ich mein Spiegelbild an. Das schwarze Gekleister wirkte albern in meinem schmalen blassen Gesicht. Der Pullover mit Silberaufdruck half auch nichts. Ich sah immer noch aus wie die normale alte Nora. Die kindische Nora.
»Nora!«, brüllte Mama vor der Badezimmertür. »Bist du bald fertig?«
»Gleich«, sagte ich.
Ich nahm einen Wattetupfer, goss ein wenig von Mamas Reinigungsmilch darauf und wischte die Augen ab. Die Schminke verschmierte sich und ich sah aus wie ein Zombie aus einem Horrorfilm. Ich drehte den Warmwasserhahn auf, hielt das Gesicht übers Waschbecken und spülte und rieb es ab.
»Du kannst jetzt reinkommen«, rief ich Mama zu, während ich mir das Gesicht abtrocknete. Im Handtuch blieben schwarze Flecken zurück.
Mama kam in BH und Unterrock herein. Sie sah fröhlich aus und summte vor sich hin, während sie sich mit Parfum ein-

sprühte und die Lippen schminkte. Das Handtuch sah sie nicht mal.

»Geht ihr aus?«, fragte ich.

»Nein, er kommt hierher«, sagte sie und spitzte die Lippen um zu sehen, ob der Lippenstift gleichmäßig aufgetragen war. Sie presste die Lippen über einem Stückchen Toilettenpapier zusammen und entfernte so, was zu viel war. Dann wedelte sie noch ein bisschen Puder darüber.

»Bist du enttäuscht, dass ich nicht mit zum Klassenfest komme?«, fragte sie.

»Nein«, sagte ich. »Ist schon in Ordnung. Ich muss jetzt gehen.«

Ich ging in den Flur und schnürte meine Schuhe zu.

»Viel Spaß!«, rief Mama aus dem Bad.

»Dir auch«, sagte ich.

Ich meinte es tatsächlich so.

»Spätestens elf Uhr«, rief sie mir nach, bevor ich die Wohnungstür schloss.

Warum sie das nun noch sagen musste. Ich hatte ihr doch erzählt, dass das Fest um halb elf zu Ende sein sollte.

Das Klassenfest

Das Fest fand im Hobbyraum bei Emma zu Hause statt. Der Raum war im Keller und ziemlich langweilig, unter der niedrigen Betondecke lagen alle Rohre für Wasser und Abflüsse frei. Jemand hatte versucht, das Ganze aufzupeppen, und Papierschlangen und Girlanden und rotes und grünes Seidenpapier über die Leuchtstofflampen gehängt. Es gab Limo in Zweiliterflaschen und große Schüsseln mit selbst gemachtem Popcorn. Jeder sollte Süßigkeiten für zwanzig Kronen mitbringen, die Emmas Mutter in kleinere Schalen füllte. Ismet muss sich über unser Klassenfest gefreut haben, so viel wie er verkaufen konnte.

Nur die Mädchen tanzten, meistens Emma und ihre Freundinnen, dieselbe Clique, die immer Fangen auf dem Schulhof spielte. Sabina und Maja flüsterten miteinander. Ihnen war anzusehen, dass sie Kommentare darüber austauschten, wie Emma und die anderen tanzten.

Fanny ging zu Emil, der mit Tobbe und ein paar anderen Jungen redete.

»Ist denn keiner da, der tanzen kann?«, fragte sie und nahm Emil beim Arm.

Er folgte ihr auf die Tanzfläche. Tobbe ging zu Sabina und nickte mit dem Kopf in Richtung Tanzfläche. Sie tanzten sehr

gut miteinander. Tobbe warf den Kopf, dass sein langes Stirnhaar vor- und zurückflog. Sabina hatte die Haare hochgesteckt und der Bauch war nackt unter dem kurzen Pullover. Klein-Kalle und ein paar andere Jungen liefen herum und bewarfen die Tanzenden mit Popcorn. Fanny kriegte einen Schauer Popcorn ab und wurde stinksauer.
»Hört auf, ihr dämlichen Kindsköpfe!«, schrie sie.
Emmas Mutter hetzte herum und sorgte für Nachschub. Sie füllte die Popcornschüsseln auf, räumte leere Limoflaschen beiseite und stellte neue hin. Es waren noch zwei andere Mütter da, aber die saßen in der Küche und quatschten.
»Wollte deine Mutter nicht auch kommen, Nora?«, fragte Emmas Mutter.
»Sie konnte nicht«, sagte ich. »Sie hat Dienst.«
Emmas Mutter guckte mich erstaunt an, und ich überlegte, ob sie wusste, dass Mama in einem Freizeitheim arbeitete, gearbeitet hat, meine ich.
»Sie ist Ärztin«, sagte ich. »Im Söderkrankenhaus, Unfallstation.«
»Ach«, sagte Emmas Mutter, »und ich dachte …« Sie verstummte, als ob sie sich plötzlich nicht mehr erinnern könnte, was sie gedacht hatte.
Ich wünschte, jemand würde kommen und mich vor ihr retten.
Und es kam jemand. Einer, von dem ich am allerwenigsten auf der ganzen Welt gerettet werden wollte.
Jonas.
Er stand vor mir und sah aufgeregt aus.

»M-m-möchtest du t-t-tanzen?«, fragte er.
Es war ein langsamer Song, ein richtiger Engtanz. Sabina und Tobbe tanzten Wange an Wange. Emil tanzte mit Maja. Emma und die anderen Mädchen hatten aufgehört. Sie standen herum und tuschelten miteinander.
»M-m-m-öchtest du?«, wiederholte Jonas.
»Das ist mir aber ein höflicher Kavalier«, sagte Emmas Mutter. »Ich dachte, heutzutage ...«
Ich erfuhr nicht, was sie in dieser Beziehung dachte, denn ich folgte Jonas auf die Tanzfläche und legte meine eine Hand in seine verschwitzte und die andere auf seine Schulter. Ich machte mich ganz steif, damit er mir nicht zu nah kam. Er hatte einen Pickel am Kiefer, ganz nah am Hals.
Aus den Augenwinkeln sah ich Emma zu ihrer Mutter gehen und etwas sagen. Sie sah wütend aus. Emmas Mutter hörte zu, nickte und klatschte in die Hände.
»Hört mal!«, rief sie. »Wollen wir nicht eine Weile spielen?«
Sabina wickelte ihre Arme von Tobbes Hals, hob den Kopf von seiner Schulter und sagte: »Wahrheit oder Pflicht!«
»Neeeiiin!«, schrie die Klein-Kalle-Bande. »Das ist ja ätzend!«
»Ihr braucht ja nicht mitzuspielen«, sagte Fanny. »Geht doch nach Hause zu euren Eishockeybildchen!«
»Also«, sagte Emmas Mutter mit angestrengter Stimme. »Ich hatte gedacht ... Fischer, Fischer, wie tief ist das Wasser ... oder so was.«
Niemand hörte ihr zu. Die anderen hatten schon angefangen, Stühle in das kleine Nebenzimmer zu tragen.

Der Kuss

Schließlich saßen fast alle im Nebenzimmer, außer Klein-Kalle und seine Freunde. Es war so eng, dass kaum Platz für die Beine war. Jedes Mal, wenn sich jemand für »Pflicht« entschieden hatte und aufstehen und etwas tun musste, gab es ein mächtiges Stuhlgescharre, damit der- oder diejenige durchkam.
Sabina entschied sich für »Pflicht« und musste Tobbe auf den Mund küssen. Sie schien kein bisschen verlegen zu sein. Sie küssten sich länger als nötig, und ich sah, dass Sabina zum Schluss ihren Mund ein wenig öffnete.
Ich guckte Tobbe an, während sie sich einen Weg zurück zu ihren Plätzen bahnten. Er hatte ein dummes Grinsen im Gesicht. Ich konnte nicht verstehen, warum sie ausgerechnet ihn küssen wollte.
Sabina gab die Frage weiter an Emil.
»Wahrheit«, sagte er.
»Welches Mädchen in der Klasse hast du am liebsten?«, fragte sie.
Emil schwieg. Ich sah, dass Fanny sich auf die Lippe biss und Maja sich plötzlich sehr für ihren Zeigefingernagel interessierte.
»Maja«, sagte Emil schließlich.

Maja lächelte. Fannys Gesicht wurde ganz starr. Aber sie bewahrte die Maske.
»Nun macht schon weiter«, sagte sie ungeduldig.
Emil schaute sich im Zimmer um.
»Nimm Nora!«, sagte Fanny.
»Okay«, sagte Emil. »Nora: Wahrheit oder Pflicht?«
Ich zögerte. Pflicht ist immer gefährlich. Und Wahrheit? Wenn sie mich fragten, wen ich gern hatte, konnte ich ehrlich antworten: *Niemanden.*
Aber wenn sie mir eine andere Frage stellten? Wenn Fanny nun einmal etwas von Sabinas Walkman ahnte und es Emil erzählt hatte? Vielleicht hatten sie einen Plan?
»Pflicht«, sagte ich.
Fanny guckte Emil an und spitzte den Mund wie zu einem Kuss.
Emil grinste. »Dann sollst du Jonas küssen«, sagte er.
Ich saß ganz still. Nie im Leben würde ich Jonas küssen. Nie! Übrigens auch niemand anders, aber am allerwenigsten ihn.
Fanny drängte sich zu mir durch und nahm mich am Arm. Sie ist stark und zog mich auf die Füße, obwohl ich mich dagegen stemmte. Dann halfen ihr ein paar andere Mädchen, und einige Jungen zerrten Jonas heran, der auch nicht wollte.
Sie schubsten uns aufeinander zu, und als wir uns genauso nah waren wie vor einer Weile beim Tanzen, packte Fanny mein Kinn und drückte meinen Mund vorwärts, jemand hielt Jonas' Kopf, und ich spürte seine Lippen auf meinen. Aber ich öffnete meinen Mund nicht. Niemals!
Dann ließen sie uns los und alle lachten.

Ich hatte Tränen in den Augen und konnte kaum etwas sehen, aber ich drängte mich zur Tür durch und kriegte sie auf.
»Nora!«, rief Sabina mir nach. »Das war doch nur Spaß!«
In dem großen Raum spielte die Klein-Kalle-Bande Eishockey und Emmas Mutter fegte das Popcorn auf.
Ich ging vorbei, ohne etwas zu sagen.
»Nora?«, rief Emmas Mutter. »Willst du schon gehen? Ist etwas passiert?«

Es war erst zwanzig vor zehn, als ich nach Hause kam. Im Flur war es dunkel, nur durch die angelehnte Wohnzimmertür fiel ein wenig Licht. Ich hörte ihre Stimmen von dort drinnen, Mamas und Felix'. Sie sprachen leise, so dass ich nichts verstehen konnte. Einige Male lachte Mama auf, leise und weich.
Ich blieb eine ganze Weile stehen, ohne Licht anzumachen. Sie bemerkten mich nicht. Das Gespräch plätscherte nicht mehr dahin wie eben noch, ich hörte Stöße, Felix atmete schwer. Dann fing Mama an zu kichern, wie wenn ich sie kitzelte, früher, als ich noch klein und sonntags morgens in ihr Bett gekommen war. Dann das Geräusch von einem Gegenstand, der auf den Fußboden fiel, und Mamas Stimme: »Warte, wir gehen ins Schlafzimmer.«
Die Wohnzimmertür ging auf und Licht fiel in den Flur. Da stand ich in meiner Jacke. Ich versuchte gar nicht erst so zu tun, als ob ich gerade gekommen wäre. Mir war alles egal.
»Nora«, sagte Mama erstaunt. »Bist du schon zu Hause? Ist was passiert?«

»Nein«, sagte ich. »Es war langweilig. Gute Nacht.«

Neben dem Esssaal in der Schule ist ein Klo, ein Vorraum mit Waschbecken und Spiegeln und fünf Toilettenkabinen. Die Türen reichen nicht bis zum Fußboden, wie im Kino oder in Kaufhäusern.
Ich saß auf dem Klo, als jemand in den Vorraum kam. Es waren zwei, hörte ich, und sie blieben vor meiner Tür stehen. Ich erkannte Fannys Stimme.
»Das war ein idiotisches Fest«, sagte sie.
»Mmm«, machte Sabina zerstreut, als ob sie nicht richtig zuhörte. Wahrscheinlich frischte sie vorm Spiegel ihre Schminke auf.
»Mama fährt im November mit Papa nach London«, sagte Fanny. »Dann mach ich eine richtige Fete. Ohne Mütter, die sich aufspielen, und ich lad nur die ein, die in Ordnung sind, nicht Nora und die anderen Idioten.«
»Ach«, sagte Sabina, »Nora ist okay, wirklich. Und dieser Pulli, den sie auf dem Klassenfest anhatte ... der war doch super.«
Ich hielt die Luft an. Ich war fertig, aber ich wagte mich nicht aufzurichten, dann würden sie mich ja hören.
»Ihr steht der nicht«, sagte Fanny. »Aber das mit Jonas war total gut. Die beiden passen echt zusammen.«
Wenn im Film jemand gejagt wird und sich auf dem Klo versteckt, dann sind die Schurken immer kurz davor, die Füße unter der Tür zu entdecken. Ich zog die Beine so weit an, wie ich konnte.

»Damals, als du krank warst ...« Es war Sabinas Stimme.
»Ja?«
»Da bin ich mal bei Nora zu Hause gewesen«, fuhr Sabina fort. »Kannst du raten, wer bei ihr war?«
»Nein, wer?«
»Karin.«
»Die ist echt gestört!«, jaulte Fanny auf. »Mit Karin befreundet zu sein!«
Da hielt ich es nicht mehr aus. Ich wollte nichts mehr hören. Ich drückte auf den Spülknopf. Das Rauschen ertränkte Sabinas Antwort.

Am selben Nachmittag, als die Schule zu Ende war, stand die ganze Clique noch auf dem Flur zusammen und unterhielt sich. Tobbe hatte einen Arm um Sabinas Schultern gelegt und Emil einen um Majas. Ich schielte zu ihnen hin, während ich meine Jacke anzog, und überlegte, wie lange es noch dauern würde, ehe Fanny Maja ein Bein stellte.
Ich hörte sie erst, als sie direkt hinter mir war.
»Willst du heute mit zu mir kommen?«, fragte Karin.
»Nein«, sagte ich, ohne mich umzudrehen.
»Und morgen?«
Ich sah, dass Fanny mich beobachtete. Sie stieß Sabina an und flüsterte ihr etwas zu. Beide lachten.
»Nein.«
»Ich glaub, du hast was vergessen«, sagte Karin, und in ihrer Stimme war eine Schärfe, die ich noch nie gehört hatte.
»Was sollte das sein?«

»Sabinas Walkman«, flüsterte sie nah an meinem Ohr.
»Was ist damit?«
»Du hast ihn immer noch. Niemand weiß es ... nur ich.«
Was sollte ich dazu sagen? Ich begann, auf die Treppe zuzugehen. Die Clique war schon auf dem Weg nach unten.
Karin folgte mir.
»Stell dir vor, wenn ich es Sabina erzähle«, zischte sie.
Ich drehte mich zu ihr um. »Dann tu's doch!«, schrie ich. »Erzähl es, wem du willst! Ich werd trotzdem nicht deine Freundin. Nie, hast du das kapiert?«
Dann rannte ich die Treppe hinunter, drängte mich an der Clique vorbei und stürmte zum Schultor hinaus. Ich glaube, ich habe geweint.

Das war der Tag, an dem ich begriff, dass ich Fanny nie besiegen würde. Dass sie stärker war als ich und dass sie sich nie den Ball von mir wegnehmen lassen würde. Sie würde mich attackieren, bis sie ihn bekam, sogar um den Preis, ein Eigentor zu schießen.
Es gab nur eine einzige Möglichkeit, nicht zu verlieren: nach ihren Regeln zu spielen.

Zigaretten

Drei Abende hintereinander übte ich, meine Augen zu schminken. Am vierten Abend wurde es richtig hübsch.
Als ich im Flur stand und Cookie an die Leine legte, kam Mama aus ihrem Zimmer. Sie trug das neue rote Kleid.
Ich war darauf gefasst, dass sie etwas zu der Schminke sagen würde. Aber sie schien es nicht zu bemerken.
»Nora?«, sagte sie. »Du bleibst doch heute nicht lange weg, oder?«
»Ich wasche später ab«, sagte ich.
Ich wusste nicht, wie lange ich wegbleiben würde, und ich wollte auch nicht sagen, wohin ich ging.
Sie sprach schnell und schien wegen irgendwas nervös zu sein.
»Ein paar Freunde von Felix spielen heute Abend. Es wird ziemlich spät. Ich hatte gedacht, du könntest auf Kalle aufpassen.«
Sonst hab ich nichts dagegen, auf Kalle aufzupassen. Aber heute Abend …!
»Kann das nicht Anton machen?«, sagte ich. Meine Stimme klang vermutlich ziemlich gereizt.
»Anton ist bis neun beim Basketballtraining.«
Nun redete sie mit ihrer »Jetzt-musst-du-aber-wirklich-die-

Verantwortung-übernehmen«-Stimme. Sie klingt blank wie Metall.

Da stand sie in ihrem roten Kleid mit einem Ausschnitt, der fast bis zu den Brustwarzen reichte, und sagte, *ich* sollte die Verantwortung übernehmen. Als ob nicht *sie* die Erwachsene wäre!

»Und wenn ich nun mal was Wichtiges zu erledigen habe? Auf die Idee kommst du wohl nicht?«

Ihre Stimme wurde weicher, fast flehend: »Nora ... bitte ... Nur dies Mal? Es ist schon so lange her, dass ich mal richtig nett ausgegangen bin.«

Dem war schon schwerer zu widerstehen.

»Wann willst du los?«, fragte ich.

»Er holt mich um halb neun ab.«

Es war erst Viertel vor sieben. Ich hatte also noch ziemlich viel Zeit.

»Okay.«

Mama wühlte in ihrer Handtasche und fischte einen zerknitterten Zwanzig-Kronen-Schein hervor und einen Zehner. Sie musste ziemlich lange suchen, bis sie noch weitere sieben Kronen fand.

»Und kauf bitte auch Zigaretten.«

»Krieg ich noch was für Süßigkeiten?«

»Das ist alles, was ich habe«, sagte sie.

Ismet fiel es sofort auf.

»Was ist das denn, was hast du mit deinem hübschen Gesicht gemacht?«, rief er, kaum dass ich den Laden betreten hatte.

Eine alte Frau, die gerade Waren in ihren Korb legte, starrte mich an.
»Das geht dich doch nichts an«, sagte ich zu Ismet.
Er war nicht sauer, lachte nur und sagte: »Oje, oje, oje ... Und was möchte die junge Dame heute haben?«
»Zigaretten«, sagte ich.
Ismet holte ein Päckchen Gelbe Blend hervor.
»Die sind doch für deine Mama?«, fragte er.
Auf so eine blöde Frage hatte ich keine Lust zu antworten. Ich gab ihm das Geld und steckte die Zigaretten in die Tasche. Die Frau mit dem Korb stand hinter mir. Als ich hinausging, hörte ich sie sagen: »Zigaretten an Kinder zu verkaufen... Aber was anderes kann man in *so einem* Laden wohl nicht erwarten.«
In *so einem* Laden, das sollte wohl heißen, in einem Laden, der einem Einwanderer gehörte. Manche Leute sind einfach bescheuert.

Sie standen an dem üblichen Platz. Sobald Tobbe und Emil Cookie entdeckten, fingen sie an, wie Schweine zu grunzen. Die fanden sich vermutlich wahnsinnig witzig.
Ich tat so, als bemerkte ich nichts, ging einfach auf die Clique zu, als wäre das die selbstverständlichste Sache der Welt. Als ob ich eine von ihnen wäre.
»Hallo«, sagte ich.
Sie grüßten, jedenfalls fast alle. Fanny zog ein Päckchen Marlboro aus der Tasche und öffnete es, aber es war leer.
»Scheiße«, sagte sie. »Hat jemand von euch?«

Einige suchten in ihren Taschen, aber niemand hatte Zigaretten.
»So eine Scheiße aber auch!«, sagte Fanny.
»Ich hab welche«, sagte ich.
»Du?«
Sie starrte mich an, als ob ich gesagt hätte, ich hätte gerade den olympischen 100-Meter-Lauf gewonnen.
Ich holte das Päckchen hervor und riss das durchsichtige Papier ab. Wahrscheinlich stellte ich mich etwas ungeschickt an, ich war das ja nicht gewöhnt.
»Gelbe Blend«, sagte Fanny, und jetzt hatte ich nur noch die Schulmeisterschaften von Söder gewonnen.
Ich kriegte die Schachtel auf und versuchte die Zigaretten möglichst lässig herauszuschütteln, aber sie blieben stecken. Da gab ich Fanny das Päckchen.
»Nimm dir selbst«, sagte ich und versuchte großzügig zu wirken.
Fanny fummelte eine Zigarette heraus, zündete sie an, nahm einen Zug und reichte sie mir.
Jetzt musste ich wohl. Vorsichtig sog ich den Rauch ein und versuchte ihn im Mund zu behalten, ohne zu husten. Es schmeckte eklig. Ich gab die Zigarette weiter an Sabina.

Von der Sofiakirche schlug es neunmal, als ich durch den Park lief. Ich lief so schnell, dass ich Cookie hinter mir herschleifen musste.
Ich war mit der Clique zusammen gewesen, den ganzen Abend. Ich hatte ihnen Zigaretten angeboten und selbst ge-

raucht. Sabina hatte gesagt, dass ich hübsch geschminkt wäre, und ein Junge von einer anderen Schule, der Jesper hieß, hatte lange mit mir geredet.
Ich war keine blöde Pute. Jetzt hatte ich es bewiesen.

Aber ich kam mehr als eine halbe Stunde zu spät. Schon im Flur hörte ich das Geräusch von fließendem Wasser und Geschirrklappern aus der Küche.
Mama stand an der Spüle. Sie trug eine große Schürze über dem roten Kleid und an den Händen Gummihandschuhe. In ihrem Mundwinkel hing eine Zigarette und in der Schminke waren Spuren von Tränen. Eine geöffnete, aber noch volle Weinflasche stand auf dem Tisch und daneben ein Aschenbecher voller Kippen.
»Ich wollte doch abwaschen«, sagte ich lahm.
Ihre Stimme war eisig.
»Um halb neun, haben wir gesagt. Weißt du, wie spät es jetzt ist?«
»Entschuldige«, sagte ich, »ich hab's vergessen. Kannst du denn nicht jetzt gehen?«
»Er kommt nicht«, sagte sie. »Panne am Tourneebus. Vor Norrköping. Hat er gesagt.«
»Dann könnt ihr euch doch morgen treffen«, sagte ich tröstend.
»Morgen spielen sie in Kopenhagen«, sagte sie. »Sie fahren direkt hin, wenn der Bus repariert ist.«
Die Asche an ihrer Zigarette war mindestens drei Zentimeter lang. Sie hatte sie die ganze Zeit im Mund behalten. Aber jetzt

nahm sie sie zwischen ihre Gummihandschuhfinger, um die Asche abzustreifen. Ihr Gesicht wurde nass und sie kriegte Lippenstift an den Gummihandschuh.
»Mist«, heulte sie und hielt die Zigarette unter das laufende Wasser.
»Er ruft bestimmt morgen an«, sagte ich.
Mama gab keine Antwort. Sie spülte den letzten Teller ab und zog die Gummihandschuhe aus.
»Gibst du mir bitte die Zigaretten«, sagte sie.
Die Zigaretten. Sie steckten in Sabinas Jackentasche, die fünf, sechs, die noch übrig waren. *Du kannst sie haben*, hatte ich gesagt, als ich ging. Es war ja sinnlos, Mama ein fast leeres Päckchen zu bringen.
»Die Zigaretten?«, fragte ich, um Zeit zu gewinnen.
»Hast du die auch vergessen?«
Wieder die eisige Stimme, nur mit einem leichten Zittern am Schluss.
Ich nickte und guckte auf den Fußboden, damit sie nicht sah, wie ich mich schämte.
Sie sagte nichts. Sie nahm die Weinflasche vom Tisch und kippte den Inhalt in den Ausguss. Roter Wein strömte über das Nirosta und wirbelte in den Abfluss.

Ich hatte gedacht, alles würde danach anders werden. Dass ich eine von denen in der Clique sein würde. Eigentlich wollte ich das ja gar nicht. Ich wollte, dass es Sabina und ich waren. Nur wir. Aber mit zur Clique zu gehören war jedenfalls besser, als allein zu sein.

Abends nahm ich Cookie mit in den Park und traf mich mit ihnen. Mama fragte nie, warum ich so lange wegblieb, obwohl es jetzt abends schon dunkel war. Fragte auch nicht, warum ich mich immer schminkte, bevor ich wegging. Sie hatte vermutlich andere Sorgen. Ich glaube, sie hat Felix schon eine ganze Weile nicht getroffen.

Karin verhielt sich ruhig. Sie versuchte nicht mehr, mich zu sich nach Hause einzuladen, und bat mich auch nicht, mit zu mir kommen zu dürfen. Sie guckte mich nur manchmal an, auf so eine besondere Art, als ob wir ein Geheimnis miteinander hätten. Ich guckte immer weg.

Löcher in den Ohren

Eines Tages gab es überbackenen Fisch, und Fanny meinte, wir sollten lieber zu ihr nach Hause gehen. Wir, das waren also Sabina, ich und Fanny. Wir waren auf dem Weg nach unten, schnell, damit Gunilla nicht sah, wohin wir gingen, als Karin nach mir rief.
»Nora!«
Fanny lächelte überlegen. Ich tat so, als hätte ich nichts gehört, und ging weiter die Treppe runter.
»Nora! Warte mal!«
Sie war genau hinter mir. Ich blieb stehen. Fanny und Sabina blieben auch stehen.
Karin hatte ganz rote Wangen und sah aufgeregt und geheimnisvoll aus.
»Du«, sagte sie. »Ich hab was für dich … für Cookie, mein ich.« Sie holte etwas aus ihrer Jackentasche. Es war ein in fröhlichen Farben gehäkelter Stoffball, mit Lappen fest gestopft.
»Ich hab ihn selbst gemacht«, sagte Karin. »Was meinst du, ob er ihr gefällt?«
»Klar«, sagte ich und steckte den Ball in die Tasche. »Danke.«
Dann ging ich weiter mit Fanny und Sabina die Treppe hinunter.

Als wir auf den Schulhof kamen, holte ich den Ball aus der Tasche und warf ihn Sabina zu. Sie warf ihn Fanny zu und Fanny zurück zu mir. Und so spielten wir eine Weile, während wir durch das Tor hinaus auf die Straße gingen. Vor einem Haus, das gerade renoviert wurde, stand ein Müllcontainer voller Gerümpel. Ich ließ den Ball im hohen Bogen fliegen und sah ihn in dem Container verschwinden.

Auf dem Tischchen in der Diele zu Hause bei Fanny stand ein Fax, und darin steckte eine Mitteilung von ihrer Mutter. *Keiner zu Hause zum Mittagessen heute. Nimm das Geld von der üblichen Stelle*, stand darauf. Fanny holte hundertzwanzig Kronen aus einer Vase im Wohnzimmer.
»Warum bewahrt ihr das Geld dort auf?«, fragte ich.
»Damit die Putzhilfe es nicht findet«, sagte Fanny.
Wir gingen zu McDonald's und kauften uns etwas zu essen. Das nahmen wir mit zu Fanny, und nachdem wir mit Essen fertig waren, probierte ich Fannys Computerspiele aus. Sabina saß vor dem Spiegel und schminkte sich die Augen mit einem neuen Augenpinsel, den Fannys Mutter im Duty-free Shop gekauft hatte.
»Sieht das gut aus?«, fragte sie.
Ich hatte nur noch ein Leben im Spiel, und da kam ein Monster und fraß mich auf.
»Nein, ich bin gestorben!«, schrie ich.
»Ich bin an der Reihe«, sagte Fanny.
Sie setzte sich auf meinen Platz und ich ging im Zimmer herum und musterte ihre Sachen. Das Aquarium ist riesig.

Schwarze, rote und grünliche Fische schwimmen darin herum, immer im Kreis.
»Darf ich mal deine schwarze Jeans anprobieren?«, fragte Sabina.
»Klar«, sagte Fanny, »sie liegt in der obersten Schublade.«
Sabina öffnete Fannys Schrank und holte eine neue schwarze Jeans heraus. Sie zog ihre eigene aus und stieg in Fannys. Dann drehte und wendete sie sich vorm Spiegel, um zu sehen, wie sie saß. Sie war etwas zu groß.
»Ich leih sie dir, wenn du willst«, sagte Fanny.
»Sie ist ein bisschen zu weit«, sagte Sabina.
»Ich schenk sie dir. Du kannst sie dir enger machen«, sagte Fanny. »Ich krieg eine neue, wenn Mama und Papa nach London fahren.«
»Vielen Dank«, sagte Sabina.
Dann wurde es still, während sie ihre alte Jeans wieder anzog. Ich übte die Wörter einige Male im Stillen. Dann sagte ich:
»Ich war in diesem Sommer mit einem Jungen zusammen. Auf dem Land, in Dalarna.«
Sabina wurde aufmerksam.
»Wie heißt er? Ist er hübsch?«
»Martin«, sagte ich.
Das hatte ich mir schon länger ausgedacht. Ich hatte seine Haarfarbe bestimmt und die Augenfarbe und an welchem Tag er Geburtstag hatte.
»Hübscher Name«, sagte Sabina. »Hast du ein Foto von ihm?«
Ich setzte mich vor den Spiegel, damit ich ihr nicht in die Au-

gen sehen musste. Sie stellte sich hinter mich und fing an, mit meinen Haaren zu spielen.
»Ich hab eins gehabt, aber ich hab's verloren.«
»Schade«, sagte Fanny.
Ich sah ihr Gesicht im Spiegel und konnte ihr ansehen, dass sie mir nicht glaubte. Vielleicht war ich jetzt doch etwas zu weit gegangen?
»Du müsstest Löcher in den Ohren haben«, sagte Fanny. »Findest du nicht auch?«
»Ja, find ich auch«, sagte Sabina.
Sie hatte drei Löcher in dem einen Ohr und zwei in dem anderen. In den Löchern trug sie kleine Silberringe. Fanny hatte auch Löcher.
»Sollen wir dir welche machen?«, fragte Fanny.
Ich bin nicht besonders ängstlich, aber Blut und Spritzen und so was mag ich nicht. Außerdem hatte ich Mama versprochen, mir keine Löcher in die Ohren machen zu lassen, bis ich fünfzehn bin, weil man eine Nickelallergie kriegen kann.
»Ich weiß nicht«, sagte ich. »Es ist schon zehn vor zwölf. Wir müssen doch bald gehen?«
»Das geht ganz schnell«, sagte Fanny. »Komm schon. Ich sag dir, es sieht echt geil aus!«
Ich starrte direkt in meine eigenen Augen im Spiegel. Ich sah aus wie eine verschreckte Maus, die von einer Schlange hypnotisiert wird und nicht weglaufen kann.

Fanny holte eine dicke Nadel, ein Feuerzeug und Eiswürfel aus dem Tiefkühlfach. Sie hielt die Nadel in die Feuerzeugflamme, während Sabina ein Stück Eis von hinten gegen mein Ohrläppchen drückte.

»Du fühlst gar nichts«, sagte sie tröstend.

Dabei weiß sie, was für eine Angst ich immer vor den Spritzen der Schulschwestern hatte!

Im Spiegel sah ich, wie sich Fannys Hand mit der Nadel näherte. Meine Hand schnellte hinauf zum Ohr.

»Nein!«, heulte ich.

»Stell dich nicht so an«, sagte Fanny. »Lass das, sonst schmilzt das Eis.«

Sie nahm meine Hand und versuchte sie wegzuziehen.

»Ich will nicht!«, schrie ich. »Lasst mich!«

Sie ließen mich los. Ich sprang auf und stürzte hinaus. Während ich in der Diele meine Schuhe anzog, hörte ich sie in Fannys Zimmer über mich lachen.

Ein schwarzer BH mit Spitzen

Ich konnte nicht zurück in die Schule. Auch nicht nach Hause. Es hatte angefangen zu regnen, und ich ging ins Einkaufszentrum und stromerte durch die Geschäfte. Rein in einen Laden, wieder raus und in den nächsten. Schuhe, Uhren, CDs. Bei H&M blieb ich bei der Unterwäsche stehen. Ich spürte ein leises Kribbeln, während ich zwischen den Ständern herumging. Glänzende Stoffe und raschelnde Spitzen. Schwarz, weiß, puderrosa und silbergrau. Vorsichtig berührte ich Höschen aus weinroter Seide und fragte mich, was das wohl für ein Gefühl sein mochte, so was auf der Haut zu haben.

Ich spürte, dass mich jemand beobachtete. Als ich aufschaute, sah ich eine Verkäuferin, die mir zulächelte, ehe sie im Lager verschwand.

An einem Ständer hingen nur Büstenhalter zu Sonderpreisen. *Unterschiedliche Farben und Größen*, stand daran. Ich ließ den Ständer kreiseln, und da fiel ein BH aus schwarzer Spitze auf den Fußboden. An dem BH war kein Diebstahlsicherungsschild.

Ich wusste nicht, warum ich es tat, aber ich steckte ihn in meine Jackentasche. Dann ging ich an der Kasse vorbei und niemand hielt mich auf.

Es war schon nach eins, und ich beschloss, nach Hause zu gehen. Ich könnte ja sagen, Werken wäre ausgefallen.
Vor Ismets Laden war Cookie angebunden und neben ihr stand Kalles Karre. Cookie erkannte mich schon von weitem. Sie winselte und riss an der Leine.
Ich streichelte sie und guckte ins Fenster, vorsichtig, damit sie mich nicht sahen. Mama stand am Tresen mit Kalle auf dem Arm. Ismet reichte ihr ein rotweißes Zigarettenpäckchen. Mama sah erstaunt aus und sagte etwas. Ismet legte das Päckchen zurück ins Regal und nahm stattdessen ein gelbes hervor.
Als ich kürzlich Zigaretten bei Ismet gekauft hatte, waren es Zigaretten von meinem Taschengeld gewesen, und ich hatte Marlboro verlangt.
»Mama hat die Marke gewechselt«, hatte ich gelogen.
Das war natürlich blöd gewesen. Ich hätte mir ja denken können, dass alles herauskommen würde, wenn Mama das nächste Mal ihre Zigaretten selber kaufte. Aber mir war nichts anderes eingefallen, und ich wollte so gern ein rotweißes Päckchen aus meiner Tasche angeln und der Clique anbieten können.
Ich versteckte mich in einem Hauseingang und wartete, bis Mama mit Kalle und Cookie vorbei war. Als sie um die Ecke verschwunden waren, machte ich einen Umweg nach Hause.

Mama telefonierte im Flur, als ich die Tür aufschloss. Ich hoffte, es wäre Felix, denn dann würde sie die Sache mit den Zigaretten vergessen. Aber es war nicht Felix.

»Ist das schon mal passiert?«, fragte sie. »Das sieht Nora gar nicht ähnlich ... aber in der letzten Zeit war sie sowieso so anders.«

Sie warf mir einen scharfen Blick zu. Ich blieb vor der Tür stehen. Mama war still und lauschte einer Stimme im Telefonhörer.

»Natürlich«, sagte sie, »das ist ernst. Ja, ich werde bestimmt mit ihr reden ... es in aller Ruhe klären. Vielen Dank für den Anruf ... tschüs.«

In aller Ruhe, haha! Sie hatte kaum den Hörer aufgelegt, da kriegte sie auch schon ihren Anfall.

»Was treibst du eigentlich? Bist du verrückt? Du schwänzt die Schule, und was kaufst du für Zigaretten, he? Hast du etwa angefangen zu rauchen? Muss man so etwas von Ismet erfahren? Und dann ruft deine Lehrerin an und sagt, dass du einfach von der Schule abgehauen bist, ohne etwas zu sagen! Was ist denn los mit dir? Ich kenne dich ja gar nicht wieder.«

Wer kann auf solche Fragen antworten? Es ist sinnlos, es überhaupt zu versuchen. Ich ging auf meine Zimmertür zu. Mama packte mich am Arm.

»Antworte mir!«

Ich zog meinen Arm weg.

Sie stand da und sah hilflos aus, als ich die Tür aufriss und sie ihr vor der Nase zuschlug.

Ich hatte immer noch meine Jacke an und warf sie auf mein Bett. Da sah ich etwas Schwarzes aus der einen Jackentasche hängen. Es war ein Band vom BH. Ein Glück, dass Mama ihn

nicht gesehen hatte. Sonst hätte sie noch einen Grund gehabt zu schimpfen.
Ich zog meinen Pullover aus und probierte den BH. Jeder wäre zu groß für mich gewesen, aber dieser war enorm. Die Körbchen hingen wie leere Beutel herunter und in der Weite hätte er vermutlich zweimal um meinen mageren Brustkorb gepasst.
Ich kannte nur eine einzige Person, der dieser BH passen würde.
Karin.
Ich nahm das alberne Ding ab und stopfte es in meine oberste Kommodenschublade. Dort lag schon Sabinas Walkman.
Diebesgut. Ein Diebsversteck.
Es hämmerte an der Tür.
»Nora!«, rief Mama. »Mach auf!«
Ich holte den Walkman hervor, steckte mir die Hörer in die Ohren und startete das Band. Durch die dröhnenden Bässe hörte ich sie weiter klopfen und rufen: »Mach doch auf! Ich muss mit dir reden!«
Ich stellte die Musik lauter, so laut es ging. Da konnte ich sie nicht mehr hören.

Ich bin auch nicht eingeladen

In derselben Woche hörte ich, wie über Fannys Fete geredet wurde. Damals auf dem Schulklo hatte ich sie ja sagen hören, dass sie eine Fete geben wollte, wenn ihre Eltern verreist waren. Jetzt stand es offenbar fest. Die Fete sollte am Freitag in der Woche von Allerheiligen steigen. Es sollten mindestens zwanzig Leute kommen. Emils großer Bruder würde für Bier sorgen.
Aber ich war nicht eingeladen.
Sabina, Tobbe, Emil, Anna, Tessan, Tania, Micke, Gurra, Abbe und Samir aus unserer Klasse und mindestens zehn aus den anderen Sechsten. Sogar Maja hatte sie eingeladen.
Aber mich nicht.
Sie saßen an ihrem Tisch im Esssaal. Es waren noch Plätze frei, aber ich ging daran vorbei und setzte mich allein ans Ende eines anderen Tisches.
Es gab überbackenen Broccoli. Die Soße war zäh und der Broccoli verkocht.
»Darf ich mich zu dir setzen?«
Karin stand mit einem Tablett an der anderen Seite des Tisches.
Jetzt war alles egal. Ich zuckte mit den Schultern. Sie hielt es für ein Ja.

»Gehst du auf die Fete?«, fragte sie. Ein Käsefädchen hing von ihrer Gabel bis auf den Teller. Es sah ekelhaft aus.
»Was für eine Fete?«
»Fannys Fete.«
»Ich mag keine Feten«, sagte ich.
»Ich bin auch nicht eingeladen«, sagte sie.
Als ob irgendjemand glaubte, Karin würde eingeladen werden!

Nach dem Unterricht wartete sie auf mich im Flur. Fast alle waren schon gegangen. Ich zog meine Jacke so langsam an, wie ich konnte, und wünschte, sie würde verschwinden.
»Nora? Kommst du mit zu mir nach Hause?«
»Ja«, hörte ich mich sagen, »ja, gern.«

Sie machte sich etwas aus mir. Sie sah, dass ich traurig war.
Deswegen hab ich ja gesagt, obwohl ich nein sagen wollte.

Leberfrikassee

An der Tür stand *Eriksson*, auf so einem altmodischen Messingschild. Karin klingelte.
»Hast du keinen Schlüssel?«, fragte ich.
Bevor sie antworten konnte, wurde die Tür einen Spalt geöffnet. Eine Sicherheitskette hielt sie fest. Durch den Spalt sah ich Karins Mutter.
Sie war so anders als meine Mama, wie jemand nur anders sein kann. Mama ist schlank, hat schulterlange Haare und sieht von hinten wie ein junges Mädchen aus. Karins Mutter war nicht dick, aber irgendwie breit. Sie hatte so eine Dauerwelle, die die Haare ganz steif aussehen lässt, trug einen grauen Rock, eine blau gestreifte Bluse und eine groß geblümte Schürze. Sie löste die Sicherheitskette und öffnete die Tür.
»Aha, das ist also Nora«, sagte sie und reichte mir die Hand. »Karin hat mir schon viel von dir erzählt.«
Was wohl?, überlegte ich und gab ihr die Hand, machte aber keinen Knicks. Alles hat seine Grenzen.

Die Wohnung war dunkel und voller komischer alter Möbel und mit dicken Teppichen ausgelegt. Überall lagen gehäkelte Deckchen. Karin führte mich herum. Ich setzte mich auf ein

Sofa im Wohnzimmer, aber Karin sagte, wir sollten in ihr Zimmer gehen.

»Wir dürfen hier drinnen nichts durcheinander bringen«, sagte sie.

Ich wollte nichts durcheinander bringen, nur ein Weilchen sitzen.

Karins Zimmer war ganz nett. Sie hatte ein weißes Himmelbett und die Tapete war mit rosa Rosen gemustert. Alle Gegenstände auf dem Schreibtisch lagen ordentlich und gerade ausgerichtet. Ihr Flötenkasten war offen. Die Flöte glänzte wie Silber. Ich nahm sie in die Hand.

»Darf ich mal?«

Karin nickte.

Ich blies, bekam aber keinen Ton heraus. Es war viel schwerer, als ich gedacht hatte. Schließlich kam ein jämmerlicher Piepser. Ich hielt Karin die Flöte hin.

»Kannst du nicht mal was spielen?«

»Ein andermal«, sagte sie und legte die Flöte zurück in den Kasten.

Wir machten die Matheaufgaben. Dann rief Karins Mutter nach uns, wir sollten den Tisch decken. Sie aßen nicht in der Küche wie wir, sondern in einem Esszimmer neben der Küche. Der Tisch war aus dunkelbraunem Holz und die Tischbeine hatten Löwentatzen. Wir deckten ein Tuch darüber, ehe wir Teller und Gläser hinstellten. Als ich Messer und Gabel ausgelegt hatte, ging Karin hinter mir her um den Tisch herum und legte sie richtig hin.

»Weißt du nicht, wie man den Tisch deckt?«, fragte sie. »Die Messer rechts, die Gabeln links, und sie müssen gerade liegen.«

»Aha.«

Fünf vor sechs drehte sich ein Schlüssel im Schloss. Karins Mutter verließ ihre Töpfe in der Küche, lief zur Wohnungstür und löste die Sicherheitskette.

Karins Vater war groß und grauhaarig. Er trug einen grauen Anzug und schien mindestens sechzig zu sein. Er hängte den Mantel an die Garderobe, ging ins Bad, wusch sich die Hände, kam wieder heraus und setzte sich genau in dem Moment an den Esstisch, als die Wanduhr sechs schlug. Karin und ich saßen schon da und warteten.

Karins Mutter trug das Essen herein. An ihrem Haaransatz glänzten Schweißtropfen und eine der steifen Locken war ihr in die Stirn gefallen. Sie setzte sich und schob mir eine Schüssel mit Kartoffeln zu.

»Bitte, Nora. Es ist wirklich nett, dass du kommen konntest.«

Karins Vater guckte mich über den Tisch an. Er sagte nichts, aber ich hatte ein Gefühl, als ob ihm nicht gefiel, was er sah. Ich nahm zwei Kartoffeln. Karins Mutter reichte mir eine andere Schüssel.

Leberfrikassee.

Ich nahm ein wenig. Karins Mutter goss mir Milch ins Glas. Ich schnitt ein Stück von einer Kartoffel ab und hatte schon meine Gabel erhoben, da merkte ich, dass mich alle ansahen.

»In diesem Haus fangen wir nicht an zu essen, ehe nicht alle etwas haben«, sagte Karins Mutter. Die Stimme war freund-

lich, aber ich kam mir trotzdem blöd vor. Ich legte Messer und Gabel wieder hin und wartete, bis alle sich etwas genommen hatten.
»Karin!«, sagte Karins Vater. »Halt dich gerade! Du hängst wie ein Heusack auf dem Stuhl.«
»Ja, Vater«, sagte Karin und streckte sich.
Ich mag fast alles, außer Leber. Ich schnitt sie in winzige Stücke und mischte sie mit zerdrückten Kartoffeln, Soße und Preiselbeeren. Mit Abscheu guckte Karins Vater auf meinen Teller, sagte aber nichts.
Es war merkwürdig, er redete fast nicht während des ganzen Essens, trotzdem schien es so, als ob er dafür sorgte, dass auch niemand anders reden konnte. Karins Mutter aß schnell und wischte sich ständig den Mund mit der Serviette ab. Karin versuchte gerade zu sitzen; vergaß es und sank wieder zusammen; streckte sich wieder, immer wieder von vorn. Die Wanduhr tickte.
Ich fragte Karins Mutter, ob wir abwaschen sollten, aber sie sagte, das sei nicht nötig. Im Fernsehen lief ein Krimi, aber wir durften nicht gucken, weil Karins Vater die Zeitung im Wohnzimmer lesen wollte, und dann musste es still sein, sagte Karin. Wir saßen in ihrem Zimmer und beguckten ihr Fotoalbum. Komisch, als sie klein war, war sie richtig niedlich und kein bisschen dick.
Um sieben sagte Karins Mutter, dass es nun wohl reichte für heute. Ich bedankte mich fürs Essen und ging nach Hause.

Diebesgut

Sobald ich die Wohnungstür öffnete, spürte ich, dass etwas los war. In der Luft war Elektrizität, wie vor einem Gewitter. Die Tür zu meinem Zimmer stand offen. Mitten im Zimmer stand ein schwarzer Plastiksack und Mama stand vor der Kommode und zog gerade die oberste Schublade heraus.
»Was machst du da?«, brüllte ich von der Schwelle.
»Ich räum auf.«
Sie hielt drei einzelne Strümpfe in verschiedenen Farben hoch. Der eine hatte ein großes Loch am großen Zeh.
»Guck dir das an!«, sagte sie triumphierend. »Wo sind die anderen?«
Sie rollte die Strümpfe auf und stopfte sie in den Sack.
»Hör auf!«, schrie ich. »Das ist mein Zimmer! Das sind meine Sachen!«
Aber ich wusste, dass es nichts half. Nicht wenn sie solche Laune hatte. Ihre Hand steckte schon wieder in der Schublade. Sie tauchte mit Beute wieder auf. Sabinas Walkman.
»Was ist das denn? Wo hast du den her?«
»Den hab ich geschenkt gekriegt«, sagte ich. Das war das Erstbeste, was mir einfiel.
»Und von wem?«
»Von Sabina«, sagte ich. »Sie hat einen neuen.«

»Aber warum liegt er dann zwischen deiner Unterwäsche?«
»Na ja, eigentlich hat sie ihn mir geliehen«, sagte ich. »Sabina hat sich einen von Nadja geliehen. Ich geb ihn ihr morgen zurück. In die Schublade hab ich ihn gelegt, damit Kalle ihn nicht in die Finger kriegt. Er macht dauernd meine Sachen kaputt, das weißt du doch.«
Angriff ist die beste Verteidigung, hatte ich jemanden sagen hören, und Mama hatte immer noch ein schlechtes Gewissen, weil Kalle im Frühling meine Kamera kaputtgemacht hatte, die ich von Großmutter bekommen hatte. Sie verlor ein wenig den Faden und blieb mit dem Walkman in der Hand stehen. Hinter ihr sah ich ein Bändchen von dem schwarzen BH aus der Kommodenschublade hängen.
»Ich kann selber weiter aufräumen«, sagte ich mit meiner nettesten Stimme. »Dann kannst du dir Antons Zimmer vornehmen.«
Sie warf mir einen langen Blick zu, aber dann verließ sie das Zimmer.
Ich holte den BH aus der Schublade, rollte ihn auf und steckte ihn in meine Jackentasche. Ich musste ihn loswerden. Den Walkman auch. Ich wickelte die Kabel auf und legte ihn in meine Schultasche. Morgen würde ich mich von all dem Diebesgut befreien.

Ich sagte zu Mama, dass wir einen Orientierungslauf hätten und ich deswegen um halb acht in der Schule sein müsste.
»So spät im Herbst?«, sagte sie, aber sie versprach mir, mich rechtzeitig zu wecken und für Proviant zu sorgen.

»Brauch ich nicht«, sagte ich, »wir sind nur den halben Tag unterwegs.«
Die Schule war noch ganz leer. In den Fluren roch es nach Reinigungsmittel. Meine Schritte hallten wider, als ich die Treppe hinaufging. Unser Korridor war leer bis auf einen vergessenen Turnbeutel, der an einem Haken hing. Ich ging zu unserer Klassentür und drückte die Klinke herunter.
Die Tür war abgeschlossen.
Das war ja klar. Wie hatte ich bloß glauben können, sie sei offen?
Nur wenige Meter von mir entfernt stand Sabinas Tisch, in den ich ihren Walkman hatte legen wollen. Aber ich kam nicht hinein, und wenn Gunilla aufgeschlossen hatte, gab es keine Chance mehr, allein im Klassenzimmer zu sein.
Und dann der BH in meiner Jackentasche. Wie sollte ich den loswerden? Ich konnte ihn doch schlecht an das Gestell mit dem Schild *Verschiedene Größen* zurückhängen.
Ich war furchtbar müde, setzte mich mit angezogenen Knien unter die Kleiderhaken und lehnte mich gegen die Wand.
Ganz still war es nicht mehr. Ich hörte entferntes Geklapper. Das waren vermutlich die Essenfrauen in der Küche, zwei schrille Kinderstimmen vom Hof, Schritte auf Treppen ...
Die Schritte kamen die Treppe herauf und näherten sich auf dem Flur. Das war vermutlich Gunilla. Ich hatte nicht mal Kraft, mir auszudenken, wie ich ihr erklären sollte, warum ich hier schon eine halbe Stunde vor Unterrichtsbeginn saß.
Der Wecker geht vor, schoss es mir in dem Augenblick durch den Kopf, als die Schritte vor mir stehen blieben, und das war

so albern, dass ich lachen musste. Doch das Lachen klang fast wie ein Schluchzen.
»Was ist los?«, fragte Karin. »Was machst du hier?«
»Nichts«, sagte ich.
Karin setzte sich neben mich. Sie sagte nichts. Das war gut. Ich steckte die Hand in die Jackentasche und fühlte den raschelnden Spitzenstoff zwischen meinen Fingern.
»Du«, sagte ich, »ich hab was für dich. Ein Geschenk.«
»Für mich?«, sagte sie erstaunt, als ob sie sonst nie Geschenke kriegte.
Ich zog den BH aus der Tasche und hielt ihn vor ihr hoch.
»Hübsch, nicht?«
Sie starrte ihn an. »Wo hast du den denn her?«
»Der ist mir zu groß«, sagte ich. »Dir passt er bestimmt.«
»Es geht nicht. Wenn meine Mutter den sehen würde – oder Vater …«
»Fühl mal!«
Ich bewegte das Handgelenk ein bisschen, so dass sich der BH wie eine schwarze Schlange vor Karins Augen ringelte. Vorsichtig berührte sie ihn.
»Du kannst ihn ja verstecken«, sagte ich. »Es kann ja ein Geheimnis sein.«
Ich ließ los und jetzt hing der BH zwischen Karins Daumen und Zeigefinger.
»Der passt dir bestimmt wie angegossen«, sagte ich.
Karin hielt ihn vor sich und schaute ihn an. Dann holte sie tief Luft und steckte ihn in ihre Schultasche.
»Warum bist du so früh gekommen?«, fragte sie wieder.

Ich holte den Walkman aus meiner Tasche und zeigte ihn ihr.
»Ich wollte ihn zurücklegen, bevor alle kommen. Aber die Tür ist abgeschlossen.«
»Das kann ich ja machen«, sagte Karin.
»Und wie?«
»In der Pause. Wenn ich will, kann ich drinnen bleiben, Gunilla erlaubt mir das.«
Das stimmte. Karin durfte in den Pausen drinnen bleiben. Gunilla bat sie oft, die Blumen zu gießen oder die Tafel abzuwischen oder so was.
Aber konnte ich mich auf sie verlassen? Ich sah Karin an. Sie schaute mir direkt in die Augen.
»Gib ihn mir«, sagte sie.

Mein Walkman!

Zuerst sammelten wir uns bei Musik, und dann hatten wir eine Doppelstunde Mathe, ehe endlich Pause war. Als es klingelte, blieb Karin an ihrem Platz sitzen.
»Emil!«, sagte Gunilla. »Mach das Fenster auf. Und ihr anderen – raus mit euch!«
»Soll ich die Blumen gießen?«, fragte Karin.
»Ja, bitte«, sagte Gunilla.
Als ich auf dem Weg nach draußen an Karin vorbeiging, nickte sie mir fast unmerklich zu und lächelte.

Unten auf dem Schulhof blieb ich stehen und guckte zu unserem Klassenfenster hinauf. Aber ich sah natürlich nichts, nur grauen Himmel und die nackten Zweige der Bäume, die sich in den Fensterscheiben spiegelten.

Ich war riesig gespannt, als wir wieder nach oben kamen. Wenn Gunilla ausnahmsweise während der Pause in der Klasse geblieben war, statt wie sonst ins Lehrerzimmer zu gehen? Ich fing Karins Blick ein. Sie nickte mir zu. Ich atmete auf und setzte mich.
Sabina und Fanny kamen zusammen herein. Sabina ging an ihrem eigenen Platz vorbei zu Fannys.

»Ich leih mir mal einen Stift bei dir«, sagte sie und hob Fannys Tischplatte an.
Oder besser gesagt, sie kam nicht weiter als bis zu »Ich leih mir mal ...« Dann schrie sie auf: »Mein Walkman!«
Sie nahm ihn aus dem Tisch. Alle drängten sich um sie.
»Wie ist der denn dahin gekommen?«, fragte Fanny.
»Ja, wie?«
Sabinas Stimme klang wütend und misstrauisch.
Wie?, fragte ich mich auch. Wie war der Walkman in Fannys Tisch gelandet statt in Sabinas? Ich suchte wieder Karins Blick, aber sie guckte weg.
Gunilla kam in die Klasse.
»Was ist hier los? Setzt euch sofort hin!«
»Mein Walkman ...«, fing Sabina an.
»Ich will kein Wort mehr von deinem Walkman hören«, fauchte Gunilla. »Setz dich!«

Englisch und Erdkunde. Die Zeit schleppte sich dahin. Ich saß wie auf Nadeln und Sabina wahrscheinlich auch. Und Fanny? Ich weiß nicht. Sie schafft es gut, die Maske zu bewahren.
Jedenfalls verließen die beiden als Erste die Klasse, als es zur Pause klingelte. Ich trödelte herum und wartete auf Karin. Als niemand in der Nähe war, zog ich sie beiseite.
»Was hast du da gemacht? Du solltest den Walkman in Sabinas Tisch legen und nicht in Fannys!«
»Ich hasse sie«, sagte Karin, »alle beide.«
»Du bist ja verrückt!«

Ich lief die Treppe hinunter. Aber ich hörte noch, was sie sagte: »Das hab ich doch deinetwegen getan.«

Unten auf dem Schulhof war der Streit schon in vollem Gange. Viele aus den anderen Klassen hatten sich auch versammelt und hörten zu.

»Du hast ihn geklaut!«, schrie Sabina.

»Warum sollte ich das tun?«, sagte Fanny kalt. »Das ist doch billiger Schrott.«

»Und wie ist er dann in deinem Tisch gelandet?«

»Ich weiß es nicht, das hab ich dir doch gesagt.«

»Lüg nicht!«

»Das sagst ausgerechnet du!«

»Was, wieso?«, sagte Sabina. »Wovon redest du?«

»Du tust so, als wären wir dicke Freundinnen, aber kaum bin ich mal weg, redest du Scheiß hinter meinem Rücken.«

»Tu ich ja gar nicht«, sagte Sabina, aber ihre Stimme klang jetzt ein wenig unsicher.

»Du redest Scheiß«, fuhr Fanny fort, »und du lügst. Du bist eine verdammte Hure, genau wie deine Schwester.«

Sabina wurde rasend. Ich glaube, so wütend hab ich sie in all den Jahren, die wir uns kennen, noch nie gesehen. Sie stürzte sich auf Fanny und riss sie an den Haaren.

»Was meinst du damit? Sag's mir!«, schrie sie.

Fanny ist stärker als Sabina. Sie packte Sabinas Handgelenke und hielt sie fest.

»Frag Nora«, sagte sie.

Sie ließ Sabina los und versetzte ihr gleichzeitig einen Stoß, so dass Sabina hinfiel. Dann drehte sie ihr den Rücken zu und ging weg. Der Kreis, der sich gebildet hatte, öffnete sich wie in einem alten Western, um sie durchzulassen.

»Hau doch ab und häng dich auf!«, schrie Sabina ihr nach, während sie sich aufrappelte und abklopfte.

»Du auch«, sagte sie und warf mir einen wütenden Blick zu, als sie an mir vorbeiging.

Die Einladung zur Fete

Ich saß auf meinem Bett und Cookie neben mir. Sie hatte ihren Kopf in meinen Schoß gelegt und guckte mich mit ihren klugen Hundeaugen an. Es war, als ob sie sagte: *Kümmere dich doch nicht um die. Sei nicht traurig.*
Aber ich war traurig. Was ich auch tat, alles ging schief. Ich hatte gedacht, Sabina würde sich freuen, wenn sie ihren Walkman wiederbekam, aber jetzt war sie böse.
Und Karin. Ich hatte geglaubt zu wissen, wie sie war, aber heute hatte ich eine Karin erlebt, die ich nicht wieder erkannte. Sie erschreckte mich.
Es klopfte an der Tür.
»Darf ich reinkommen?«, fragte Mama draußen.
»Was ist?«, fragte ich.
Ich wollte am liebsten allein sein mit Cookie. Aber Mama kam herein und setzte sich ein Stück entfernt von mir auf die Bettkante. Keiner von uns beiden sagte etwas.
»Ist was passiert?«, fragte sie schließlich.
Ich schüttelte den Kopf.
»Etwas in der Schule?«
»Nein, hab ich doch gesagt!«
»Aber was ist los?«
»Nichts Besonderes.«

Mama stand auf und ging in meinem Zimmer herum. Sie hob schmutzige Wäsche vom Fußboden auf und richtete ein Bild, das schief hing.

Ich guckte sie an. Ich wusste, dass sie wartete. Sie sah bekümmert aus.

»Mama?«, sagte ich.

Im selben Augenblick drehte sie sich zu mir um und fragte: »Du – hat jemand angerufen?«

Sie hatte also gar nicht an mich gedacht, während sie im Zimmer herumgegangen war. Sie dachte an Felix!

»Nein, er hat nicht angerufen«, fauchte ich. »Heute auch nicht!«

»Nora …«, sagte sie und wollte mir übers Haar streichen.

Ich zog mich weiter zurück auf dem Bett. Ausgerechnet jetzt sollte sie mich nicht streicheln.

»Du nervst mich!«, knurrte ich. »Lass mich in Ruhe!«

Sie guckte mich an und sah wieder so hilflos aus.

In dem Augenblick klingelte es an der Tür. Wir hörten Antons Schritte im Flur und seine Stimme: »Ich mach auf!«

Ich riss meine Zimmertür auf und rief: »Ich bin nicht zu Hause!«

Anton hatte schon geöffnet. Draußen standen Sabina und Fanny.

Wir machten die Tür hinter uns zu. Sie saßen nebeneinander auf meinem Bett und ich saß auf dem Schreibtischstuhl.

»Wir wissen jetzt, wer Sabinas Walkman geklaut hat«, sagte Fanny.

Mein Herz saß mir wie ein Kloß im Hals. Sie hatten es herausbekommen. Jetzt wollten sie über mir zu Gericht sitzen, und morgen würde die ganze Schule erfahren, dass ich eine Diebin war. Keine gewöhnliche Diebin, sondern eine, die ihre besten Freundinnen bestahl.
»Wirklich?«, sagte ich.
»Ja«, sagte Sabina.
Sie wollten die Qual offenbar hinauszögern.
»Karin«, sagte Fanny.
»Wie bitte?«
Ich war so verblüfft, dass ich auf dem Stuhl zusammenzuckte. Der Kloß in meinem Hals löste sich auf und verschwand.
»Sie muss es gewesen sein«, sagte Sabina.
»Dann hat sie es mit der Angst gekriegt«, sagte Fanny, »und da hat sie ihn in meinen Tisch gelegt. Dämlich, was?«
»Wir werden uns an ihr rächen«, sagte Sabina.
Der Kloß kam wieder. »Und wie?«
Die beiden guckten sich an und lächelten geheimnisvoll.
»Das erfährst du später«, sagte Fanny, »wenn du deinen Teil erledigt hast.«
»Was?«
»Komm Freitag zu meiner Fete«, sagte Fanny. »Und bring Karin mit.«
»Die darf bestimmt nicht kommen«, sagte ich. »Ihr habt ja keine Ahnung, wie ihre Eltern sind. Sie durfte ja nicht mal zum Klassenfest.«
»Wenn Karin nicht kommt, darfst du auch nicht kommen«, sagte Fanny.

»Auf wessen Seite bist du?«, fragte Sabina.
»Ich werd's versuchen«, sagte ich.

Am nächsten Tag saßen Karin und ich zusammen im Klettergerüst, ziemlich weit unten, Karin hat Höhenangst.
»Das wird nichts«, sagte sie. »Ich darf bestimmt nicht.«
»Doch, doch«, sagte ich. »Ich hab mir schon einen Plan gemacht, wie wir vorgehen. Wir sagen, dass du bei mir schlafen sollst. Meine Mama ruft deine Mutter an und sagt, dass nur wir beide da sind und sie ist die ganze Zeit dabei. Wir erzählen Mama erst kurz bevor wir losmüssen, dass wir auf die Fete gehen. Dann hat sie keine Zeit mehr nachzudenken.«
»Aber wenn meine Mutter bei euch anruft und ich bin nicht da?«
»Es passiert schon nichts.«
Karin zögerte.
»Nun komm schon, Karin«, sagte ich, »sei nicht so lahm. Sonst wirst du vielleicht nie wieder eingeladen.«
Sie nickte langsam.
»Okay«, sagte sie.

Wenn ich jetzt im Nachhinein darüber nachdenke, begreife ich nicht, wieso sie sich darauf eingelassen hat. Wie konnte Karin glauben, dass sie ohne besonderen Anlass zu Fannys Fete eingeladen würde? Sie wusste doch, wie die waren und was sie von ihr hielten.

Träumte sie davon, dass alles mit einem Schlag anders werden würde? Dass alle sie mit neuen Augen sehen würden? Wollte sie hintergangen werden?

Aber wie es auch war, für mich ist das keine Entschuldigung. Ich habe sie dorthin gelockt. Ich wusste nicht, wie sie sie bestrafen wollten, aber ich wusste, dass es grausam werden würde. Ich wusste es und kann die Schuld auf niemand anders schieben.

Oder ... ging Karin mit offenen Augen zu Fannys Fete? Wusste sie auch, dass etwas passieren würde, nur nicht, was?

Hat sie es meinetwegen getan?

Fannys Fete

Wir zogen uns in meinem Zimmer um. Ich zog denselben Pullover wie auf dem Klassenfest und die neue Jeans an. Karin hatte eine kleine Tasche dabei. Daraus holte sie einen Rock, eine weiße Bluse und ein Paar Strumpfhosen. Und den schwarzen BH.
»Willst du so gehen?«, fragte sie mich. »In Jeans?«
Erst wollte ich sagen, dass vermutlich alle in Jeans kamen und dass sie in ihrem karierten Rock sehr eigenartig wirken würde, aber es war sinnlos. Sie würde immer eigenartig wirken, egal, was sie anhatte.
Der BH saß wie angegossen. Er hob ihre Brüste an, so dass sie nicht mehr so schwer wirkten, hoch und spitz stachen sie hervor. Während ich meine Augen schminkte, sah ich im Spiegel, wie sie sich drehte und wendete, um ihren Busen im Profil zu sehen.
Es klopfte an der Tür. Karin riss ihre weiße Bluse an sich und wickelte sich darin ein.
»Was treibt ihr denn da? Wollt ihr noch weggehen?«, fragte Mama.
»Wir wollen zu Fanny«, sagte ich.
»Aber …«, sagte Mama. »Ich hab doch zu Karins Mutter gesagt … Ich dachte, ihr würdet hier bleiben.«

»Das haben wir heute erst beschlossen«, sagte ich. »Die ganze Klasse geht hin. Es ist eine Überraschungsfete für Fanny.«
Ich hatte eiskalt einkalkuliert, dass Mama nicht mehr wusste, dass Fanny im Februar Geburtstag hatte.
»Soll ich lieber deine Mutter anrufen?«, sagte Mama zu Karin.
»Das ist nicht nötig«, antwortete ich rasch, ehe Karin überhaupt nachdenken konnte. »Karin hat schon selbst zu Hause angerufen.«
Ich sah Mama an, dass sie nicht recht wusste, was sie glauben sollte, dann beschloss sie jedoch, mir zu vertrauen.
»Okay«, sagte sie. »Aber ihr seid spätestens um elf zu Hause. Und Nora, Felix kommt mich besuchen. Wir wollen ein bisschen reden, die Sache klären.«
In dem Augenblick war mir Felix vollkommen wurscht. Aber es war gut, dass sie beschäftigt war, sonst könnte sie ja vielleicht doch noch auf die Idee kommen, Karins Mutter anzurufen. Oder zu Hause bei Fanny, um zu kontrollieren, ob alles in Ordnung war.
»Ah ja«, sagte ich. »Viel Spaß.«
Sie zog eine Grimasse und verschwand aus dem Zimmer.

Es regnete, als wir gingen. Die Straßenlaternen schafften es kaum, die dichte graue Dunkelheit zu durchdringen. Nasses Laub blieb an den Schuhen kleben.
Karin hatte ihre feinen Schuhe in einem Stoffbeutel mitgenommen. Sie redete die ganze Zeit.
»Du ... wie macht man das? Wenn man tanzt? Muss man warten, bis man aufgefordert wird? Soll man sie angucken, oder

soll man so tun, als würde man gar nicht ans Tanzen denken? Und was tut man, wenn man Schweißhände kriegt? Fällt das auf?«
»Nein«, sagte ich. »Man braucht sich nicht anzufassen. Nur wenn ein Engtanz gespielt wird.«
Mir fielen Jonas und das Klassenfest ein. Und der Kuss. Ein Glück, dass Fanny wenigstens ihn nicht eingeladen hatte.
»Was meinst du, ob überhaupt jemand mit mir tanzen will?«, fragte Karin.
»Na klar.«

Die Wohnung war riesig. Die Fete fand nicht in Fannys Zimmer statt, sondern im Wohnzimmer und in einem Raum, den Fanny das Musikzimmer nannte. Dort gab es kaum Möbel, nur ein paar Liegestühle aus Stahlrohr, die wir an die Wand schoben, und eine riesige Stereoanlage. Im Musikzimmer tanzten wir, im Wohnzimmer konnte man sich in den großen weichen Ledersofas erholen. Es gab massenhaft Chips, Limo und mehrere Sechser-Packungen Bier.
Ich tanzte einige Male mit ein paar anderen Mädchen. Sabina tanzte mit Tobbe, und Fanny zog Emil mit sich, obwohl er sich gerade mit Maja unterhielt. Maja war natürlich sauer, erst recht, weil Fanny einen langsamen Song aufgelegt hatte.
Karin saß in einer Ecke des Musikzimmers. Ihre Hände lagen im Schoß und die Beine hatte sie unter dem karierten Rock eng zusammengepresst. Sie trug die Art feine Schuhe mit kleinem Absatz, die wir im letzten Schuljahr getragen hatten. Alle anderen liefen auf Strümpfen herum.

Sabina flüsterte Tobbe etwas zu. Er schüttelte den Kopf, aber sie redete weiter auf ihn ein. Schließlich ging Tobbe auf Karin zu.
»Wollen wir tanzen?«, fragte er.
Ich hielt die Luft an. Sollte jetzt das Schreckliche passieren?
»Ja, gern«, sagte Karin. Sie stand auf und folgte ihm.
»Ja, gern«, flüsterte Sabina Maja zu. Sie lachten.
Karin legte die Hand auf Tobbes Schulter und begann zu tanzen. Ihr Gesicht war ernst und konzentriert.
Sabina ging zur Stereoanlage und legte etwas anderes auf. Plötzlich ertönte ein dröhnender Hip-Hop. Tobbe ließ Karin los und bewegte sich zur Musik. Karin blieb stehen und starrte ihn an. Dann versuchte sie Tobbes Bewegungen nachzuahmen. Es sah komisch aus. Die anderen lachten laut.
Es war peinlich, aber es war keine Katastrophe. Es hätte viel schlimmer kommen können, dachte ich, als ich ins Wohnzimmer ging, um das Ganze nicht mit ansehen zu müssen.
Ich wusste ja nicht, dass es erst der Anfang war.

Im Wohnzimmer saßen ein paar Jungs. Jeder hatte eine Bierdose in der Hand. Sie redeten dummes Zeug und wollten unbedingt, dass ich das Bier probierte. Aber ich sagte nein und setzte mich in einen Sessel in einer Ecke. Da ließen sie mich in Ruhe.
Nach einer Weile kamen Sabina und Tobbe ins Zimmer und fanden einen freien Sessel mir gegenüber. Sabina setzte sich auf Tobbes Schoß. Sie küssten sich und ich sah, wie er seine Hand unter ihr Hemd schob.

Durch die Doppeltür zum Musikzimmer sah ich Fanny mit Emil tanzen. Karin kam zu mir.
»Wollen wir nicht bald gehen?«, fragte sie.
»Es ist doch erst halb zehn«, sagte ich. »Wir brauchen erst um halb elf zu Hause zu sein.«
»Aber ich möchte gehen«, sagte sie.
Sabina guckte auf. »Ihr wollt doch wohl nicht schon los«, sagte sie. »Die Fete hat doch gerade erst angefangen.«
Sie sah mich an, während sie das sagte, und ich begriff, dass es meine Aufgabe war, dafür zu sorgen, dass Karin blieb.
»Du kannst ja schon gehen«, sagte ich. »Ich bleibe.«
Ich wusste, dass sie nicht allein gehen würde. Zu sich nach Hause konnte sie nicht, dann würde ihre Mutter merken, dass sie gelogen hatte.
»Wie lange?«, fragte Karin. Aber ehe ich antworten konnte, stand Fanny in der Tür.
»Aufwachen!«, grölte sie. »Jetzt spielen wir *Wahrheit oder Pflicht*.«

Wahrheit oder Pflicht?

Alle drängelten sich auf den Ledersofas. Sabina durfte anfangen. Sie stellte Fanny die Frage.
»Wahrheit oder Pflicht?«
»Wahrheit«, sagte Fanny.
»Wen hast du gern?«
»Emil.«
Emil saß neben ihr auf dem Sofa. Er legte einen Arm um ihre Schultern. Maja sah traurig aus.
Jetzt war Fanny mit Fragen an der Reihe.
»Karin. Wahrheit oder Pflicht?«
Karin saß auf der Armlehne meines Sessels. Sie beugte sich zu mir herunter.
»Was soll ich nehmen?«, flüsterte sie.
»Entscheide dich!«, sagte Fanny ungeduldig.
Ich guckte Sabina an. Sie bewegte die Lippen: *Pflicht.*
»Pflicht«, flüsterte ich Karin zu.
»Okay«, sagte Fanny. »Dann zieh deine Bluse aus und zeig deine Titten.«
Ein Gemurmel ging durchs Zimmer.
Ich konnte kaum atmen.
»Nein!«, sagte Karin.
»Du musst«, sagte Sabina. »So sind die Regeln.«

»Du hast dich doch selbst dafür entschieden«, sagte Fanny. »Dann tu's auch! Zeig deine Titten!«
Einige Jungen fingen an, im Takt zu schreien: »Zeig die Titten! Zeig die Titten!«
Karin stand auf und kreuzte die Arme über der Brust.
»Nein!«, wiederholte sie.
»Wir machen die Sache leichter«, sagte Fanny. »Wir knipsen das Licht aus.«
»Neeeiin, dann können wir doch nichts sehen!«, protestierte Emil.
»Doch«, sagte Fanny, »wir können noch genug sehen. Mach du das Licht aus, Nora.«
Ich erhob mich und ging zum Lichtschalter an der Tür. Mit dem konnte man die Beleuchtung stufenlos herunterschalten. Ich drehte daran so langsam wie möglich.
»Guck«, sagte Fanny, »jetzt ist es fast dunkel. Man kann kaum noch was sehen.«
»Ich will nicht«, wimmerte Karin. »Darf ich nicht lieber was anderes machen?«
»Klar«, rief ein Junge, den ich nicht kannte. »Komm her, dann zeig ich dir, was du machen kannst.«
Er fuhr mit der Hand in der Luft auf und ab, als ob er wichste.
»Hör auf«, sagte Fanny. »Nun mach schon. Wir können doch nicht wer weiß wie lange warten.«
»Nein«, sagte Karin wieder. Aber man merkte, dass sie schon aufgegeben hatte.
»Dann hau ab«, sagte Fanny ungeduldig. »Und bild dir nicht ein, dass du jemals wieder zu einer Fete eingeladen wirst.«

Karin fing an, ihre Bluse aufzuknöpfen, einen Knopf nach dem anderen. Die Jungen grinsten und feuerten sie an.
Ich stand immer noch an der Tür. Sabina stand auf und stellte sich neben mich.
Karin hatte alle Knöpfe geöffnet und zog die Bluse aus.
In dem Augenblick flammte das Licht in seiner ganzen Helligkeit auf. Nach dem Dunkel eben blendete es richtig.
Sabinas Hand lag immer noch auf dem Lichtschalter. Als die Jungen den schwarzen BH sahen, fingen sie an zu applaudieren.
»Den BH auch!«, sagte Fanny.
»Nein!«, schrie Karin und versuchte sich mit den Armen zu bedecken. »Nein, nein!«
Ihre Stimme klang, als ob sie ermordet werden sollte.
»Du hast meinen Walkman geklaut«, sagte Sabina. »Gib's zu!«
»Ja, gib das zu«, sagte Fanny. »Und dann hast du ihn in meinen Tisch gelegt.«
»Gib's zu! Gib's zu!«, riefen mehrere.
Jetzt sagt sie es, dachte ich. *Ich war es nicht. Nora ist es gewesen.*
»Ja!«, schrie Karin. »Ja, ja, ja!«
Dann lief sie an mir vorbei aus dem Zimmer, die Arme immer noch über der Brust gekreuzt. Ihre weiße Bluse blieb auf dem Sessel liegen.
»Karin! Warte! Karin!«, rief ich und lief ihr nach.

Als ich in die Diele kam, sah ich, wie sie sich ihre Jacke überwarf. Sie riss die Tür auf und verschwand auf der Treppe. Auf dem Dielenboden standen ihre Überschuhe, ordentlich nebeneinander.

Es wehte ein eiskalter Wind und die Regentropfen waren nadelspitz. Ich lief, die Lungen schmerzten von der rauen Luft. Normalerweise hätte ich Karin locker eingeholt. Aber jetzt lief sie in ihren dünnen feinen Schuhen mit Absätzen wie um ihr Leben. Die Jacke hatte sie fest über der Brust zusammengerafft.
An der Renstierstraße hatte ich sie fast eingeholt. Ich berührte schon ihren Jackenärmel. Aber sie riss sich los und rannte direkt auf die Straße.
In dem Augenblick bog der 48er Bus um die Ecke.
»Karin!«, schrie ich und blieb jäh an der Bordsteinkante stehen.
Sie schaffte es gerade noch vor dem Bus und verschwand dahinter. Ich hörte ein Auto mit kreischenden Reifen bremsen.
»Karin!«, schrie ich wieder.
Mein Herz klopfte so sehr, dass ich kaum atmen konnte.
Der Bus fuhr vorbei und Karin tauchte auf der anderen Straßenseite auf.
Sie lief weiter.
Ich drehte mich um und ging langsam nach Hause. Der Regen tropfte mir aus dem Pony in die Augen. Alles um mich herum war verschwommen.

Sie hatten die Wohnzimmertür zugemacht und stritten sich.

Oder besser gesagt, Mama stritt und Felix versuchte sich zu verteidigen.

Na und. Ich ging ins Bad und ließ warmes Wasser in die Wanne. Während ich darin lag, guckte Mama herein.

»Wo ist Karin?«, fragte sie.

»Sie ist nach Hause gegangen«, antwortete ich.

»Aber sie wollte doch hier schlafen?«

»Sie hat es sich anders überlegt.«

»Möchtest du was essen? Hast du Hunger?«

»Nein, vielen Dank. Ich geh schlafen.«

»Dann schlaf gut. Felix geht auch gleich.«

»Aha.«

Ihre Stimme zitterte, als sie das von Felix sagte. Ich überlegte, ob meine Stimme genauso klang.

Samstagmorgen nach Fannys Fete wurde ich wach, weil ich ein Gefühl hatte, als ob ich ins bodenlose Nichts fiele. Das Herz hämmerte und der Schweiß brach mir aus. Zuerst war ich froh, als ich merkte, dass ich in meinem Bett lag, aber dann fiel mir ein, was am vergangenen Abend passiert war.

Die Leere war in mir. Ein schwarzes Loch, das alles aufsog. Alles, nur nicht das Bild von Karin in ihrem schwarzen BH, die Arme über der Brust gekreuzt. Und ihr Gesicht, als sie JA! gerufen hatte.

Nebel

Später an diesem Samstag besuchten Anton und ich Großmutter. Das machen wir immer an Allerheiligen. Papa kommt auch, und dann gehen wir zum Friedhof und zünden eine Kerze auf Großvaters Grab an. Wir übernachten bei Großmutter, und Papa bringt uns Sonntagabend nach Hause.
Es war neblig auf dem Friedhof, ein grauer feuchter Nebel, der Bäume, Grabsteine und Menschen, die langsam die Wege entlanggingen, einhüllte. Wo eine Straßenlaterne den Nebel durchdrang, war er weiß und dick.
Als ich noch klein war, hatte Anton mich mit Gespenstern und Geistern erschreckt. Dann hatte ich Papa die ganze Zeit fest an der Hand halten müssen. Jetzt glaub ich nicht mehr an so was, aber mir war düster zumute, und am liebsten wäre ich weggegangen. Als wir vor Großvaters Grab standen, fing ich an zu weinen. Großmutter nahm mich in die Arme. Sie sah aus, als ob sie selbst weinen wollte. Ich schämte mich ein wenig, weil sie glaubte, ich weinte wegen Großvater.
Abends lud Papa uns zum Essen ein. Das macht er auch immer und wir dürfen uns das Restaurant aussuchen. Wir entschieden uns für Italienisch, wie üblich. Ich nahm Lasagne, aber ich konnte nur wenig essen. Nicht etwa, weil es nicht schmeckte, ich kriegte einfach nichts runter. Papa war sauer,

dass ich das teure Essen nicht aß. Er sagte es nicht, aber es war ihm anzumerken. Anton aß den Rest von meiner Portion.

Das Erste, was ich Mama fragte, als wir abends nach Hause kamen, war: »Hat jemand angerufen?«
»Angerufen?«, sagte Mama und lachte, ein komisches kleines Lachen. »Nein, niemand hat angerufen.«
Sie war blass und ungekämmt und die Aschenbecher quollen über von Kippen.
»Wie war's mit Papa?«, fragte sie. Ihre Stimme klang, als ob sie sich zusammenreißen müsste. »Und Großmutter? Wie geht es Ingrid?«
Ingrid, so hieß Papas neue Freundin. Als ob es Mama interessierte, wie es der ging.
»Sie war nicht dabei«, sagte ich, »zum Glück.«
Da lächelte Mama und strich mir über die Haare.
»Nora, Nora«, sagte sie. »Was sollte ich nur ohne dich machen?«
Ich umarmte sie heftig.

Ich hätte nein sagen können. »*Nein, ich will nicht.*« *Ich hatte es nicht gesagt. Ich hätte Karin ja nicht mit zur Fete zu locken brauchen.*
Ich hätte nein sagen können.
Für alles, was ich in diesem Herbst getan habe, gibt es einen Grund. Einen Grund und eine Erklärung. Aber ich hätte es nicht tun müssen. Ich hab mich selbst entschieden.
Ich hätte nein sagen können. Aber ich habe es nicht getan.
Wird sie mir jemals verzeihen?

Karins Platz war leer

Heute Morgen war es seltsam still in der Klasse. Es gab keine Sammlung bei Musik. Gunilla saß stumm da und schaute über die Klasse. Die, die nicht auf der Fete gewesen waren, kapierten nichts; sie drehten sich um und guckten sich an und schüttelten die Köpfe.
Karins Platz war leer.
Ich fürchtete mich vor dem, was passieren würde und was Gunilla sagen würde. Dennoch spürte ich, dass alles besser war als diese dröhnende Leere.
Schließlich brach Gunilla das Schweigen.
»Ich hab gestern mit Karins Mutter gesprochen«, sagte sie.
Ich hörte ein leises Geräusch von Sabina, als ob sie scharf Luft holte.
Fanny sah unberührt aus, aber ihre Hand, die auf der Tischplatte zeichnete, zitterte.
»Karin wird nicht in unsere Klasse zurückkehren«, sagte Gunilla. »Nicht nach all dem, was Freitag auf eurer Fete passiert ist. Sie geht in Zukunft auf eine andere Schule.«
»Eine Stripper-Schule, wie?«, sagte Tobbe.
»Hör bloß auf, du, das war überhaupt nicht witzig!«, sagte Sabina.
»Okay, okay«, sagte Tobbe.

»Ich kann euch nicht sagen, wie traurig ich bin über das, was da passiert ist«, fuhr Gunilla fort. »Ich hoffe, ihr seid es auch.«

Ich schaute auf und begegnete Gunillas Blick. Sie sah mir ein paar Sekunden direkt in die Augen. Dann nickte sie mir zu.

»Möchte jemand etwas sagen?«, fragte sie.

Da klopfte es an der Tür. Gunilla guckte auf ihre Uhr und runzelte die Augenbrauen, als ob sie fände, dass derjenige, der da klopfte, zu früh klopfte.

»Herein!«, sagte sie.

Die Tür wurde geöffnet und Karins Mutter kam herein. Sie trug einen graubeigen Mantel. Gunilla ging auf sie zu und sie wechselten leise ein paar Worte.

»Das ist Karins Mutter«, sagte Gunilla. »Sie möchte Karins Sachen abholen.«

Ich guckte weg, als Karins Mutter an mir vorbeiging. Ich wagte nicht, ihr in die Augen zu sehen.

Gunilla zeigte ihr Karins Platz und blieb daneben stehen, während Karins Mutter die Sachen einpackte. Einige Bücher, die der Schule gehörten, nahm Gunilla an sich.

Es war totenstill in der Klasse, so still, dass es fast nicht zu ertragen war.

»Ja … wir waren nicht auf der Fete«, sagte Emma, »nur einige aus der Klasse.«

Karins Mutter guckte Emma an. Man kann nicht behaupten, dass sie lächelte, aber sie sah ganz freundlich aus.

»Wer sind Fanny und Sabina?«, fragte sie Gunilla.

Fanny reckte mit trotzigem Mund einen Arm hoch. Sabina

meldete sich auch, aber sie hatte den Blick fest auf die Tischplatte geheftet.
»Ich wollte nur wissen, wie ihr aussseht«, sagte Karins Mutter, »wie Kinder aussehen, die so was tun können.«
Da fing Sabina an zu weinen. Sie schluchzte laut und lief aus der Klasse, die Hände vors Gesicht geschlagen.
Maja stand halb auf, als ob sie Sabina folgen wollte.
»Lass sie«, sagte Gunilla. »Vielleicht muss sie eine Weile alleine sein.«
Karins Mutter kam zu mir. Sie zog ein Päckchen aus ihrer Handtasche und legte es auf meinen Tisch.
»Übrigens, Nora«, sagte sie, »das gehört wohl dir.«

Als die Schule aus war, holte Sabina mich auf der Treppe ein.
»Nora«, sagte sie atemlos, »darf ich mit zu dir nach Hause?«
Wie hätte ich mich darüber vor zwei Monaten gefreut!
»Nein«, sagte ich. »Ich hab heut was anderes vor.«
»Bitte!« Sie hatte ihr Gesicht gepudert, damit nicht mehr zu sehen war, dass sie geweint hatte. Aber ihre Augen wirkten noch größer und glänzender als sonst.
»Ich hab das nicht gewollt«, sagte sie. »Nicht, dass es so werden sollte. Glaubst du mir? Ich muss mit dir reden.«
»Morgen«, sagte ich.
Sie nickte. Tobbe, Emil und Fanny kamen die Treppe herunter. Fanny nahm Sabina am Arm.
»Nun komm schon!«, sagte sie.
»Morgen?«, fragte Sabina mich.
»Ja.«

Sie verschwanden die Treppe hinunter. Ich holte das Päckchen hervor, das ich von Karins Mutter bekommen hatte, und öffnete es.
In dem Päckchen lag der schwarze BH.

Zu Hause im Flur war es noch unordentlicher als sonst. Ich stolperte fast über ein paar Plastiktüten, die direkt hinter der Tür standen. Jemand hatte etwas verpackt, Kleider vielleicht. Felix' Trommeln standen auch im Flur.
Leise machte ich die Tür hinter mir zu und ging direkt zum Telefon, wählte die Nummer und wartete. Es klingelte, ein, zwei, drei, vier, fünf Mal. Als ich gerade auflegen wollte, meldete sich jemand.
»Eriksson.«
»Ist Karin zu Hause?«, sagte ich.
»Wer ist da?«, fragte Karins Mutter.
Ich kriegte meinen Namen nicht heraus und legte auf.
Kaum hatte ich aufgelegt, da klingelte es. Mein Herz machte einen Satz. Wenn es nun Karin war, die sich denken konnte, dass ich es gewesen war?
»Hallo?«, sagte ich. »Hier ist Nora.«
»Hallo, Nora«, sagte Felix' Stimme. »Ist Lena zu Hause?«
»Warte mal«, sagte ich. »Mama! Felix ist dran.«
Mama kam aus dem Bad, eine Zahnbürste in der einen Hand und eine Dose Rasierschaum in der anderen. Sie nahm den Hörer und lauschte.
»Nein!«, sagte sie dann. »Es gibt nichts mehr zu reden … Nein, hab ich gesagt! Ich hab deine Sachen zusammenge-

packt. Du kannst sie heute Abend abholen. Sonst stell ich sie raus ins Treppenhaus. Oder geb sie dem Roten Kreuz.«
Cookie kam schwanzwedelnd zu mir.
»Ja, Cookie«, sagte ich, »bald darfst du raus.«
»Darauf scheiß ich!«, schrie Mama in den Hörer. »Ich will deine Lügen nicht mehr hören, hast du das kapiert?«
Sie knallte den Hörer auf.
»Nora«, sagte sie, »was ist?«
Sie entdeckte das schwarze Bändchen vom BH, das aus meiner Tasche hing.
»Was ist das?«, fragte sie.
Ich zog den BH hervor. Es war das Beste, sie erfuhr alles.
Mama nahm den BH in die Hand musterte ihn.
»Der ist ja enorm«, sagte sie und lachte. »Wo kommt der denn her?«
»Ich hab ihn geklaut«, sagte ich. »Und dann hab ich ihn Karin geschenkt.«
»Wie?«, sagte Mama. »Wie meinst du das? Wo hast du den geklaut? Warum …«
»Ich werd dir alles erzählen«, sagte ich. »Komm, setz dich, es wird eine Weile dauern.«

Es ist ein schönes Gefühl, wenn alles heraus ist. Das macht nichts ungeschehen, aber alles wird irgendwie klarer, wirkt nicht mehr so hoffnungslos verwickelt. Mama hörte zu; sie sagte nicht viel, aber ich sah, dass sie mich verstand.
Dann erzählte sie von sich und Felix. Und ich glaube, ich habe es verstanden.

Möchte, aber traut sich nicht ...

Ich stehe im Flur und lege Cookie an die Leine. Mama steht in der Wohnzimmertür und schaut mich an.
»Soll ich was für dich kaufen?«, frage ich. »Zigaretten?«
»Nein, danke«, sagt sie. »Ich hab aufgehört zu rauchen.«
»Seit wann das denn?«
»Seit diesem Augenblick.«

Ich laufe die Treppen hinunter. Als wir auf die Straße kommen, hab ich kaum Zeit zum Stehenbleiben, um Cookie pinkeln zu lassen.
Es ist nicht weit bis zu Karin. Aber die Haustür ist natürlich abgeschlossen. Sie haben eine Codeziffertafel, und ich starre darauf, als ob ich den Code davon ablesen könnte. Die Vier sieht abgenutzt aus und die Sieben ...
Die Tür wird von innen geöffnet. Eine alte Frau kommt heraus.
»Was für ein netter Hund«, sagt sie und hält Cookie und mir die Tür auf.

Ich stehe vor der Wohnungstür. Unter dem Messingschild mit dem Namen *Eriksson* hängt ein handgeschriebener Zettel: *Reklame unerwünscht.*

Von drinnen ist Musik zu hören. Jemand spielt auf der Flöte. Ich bleibe still stehen und höre zu. Die Flöte klingt ein wenig traurig. Es klingt, als ob sie etwas möchte, sich aber nicht traut.
Ich lege den Zeigefinger auf den blanken Klingelknopf. Cookie tänzelt um meine Beine und kläfft aufgeregt.
Die Musik klingt so zart, aber dennoch klar. Deutlich. Hin und wieder zögert sie, aber in der nächsten Sekunde sucht sie sich einen neuen Weg. Man könnte ihr durch den Wald folgen.
Ich drücke auf den Knopf. Kurz und fest, einmal und dann noch einmal. Der Klingelton zerreißt die Flötenmusik. Dann verstummt die Flöte. Ich lausche, höre aber nichts.
Doch, jetzt nähern sich Schritte hinter der Tür. Der Schlüssel im Schloss wird herumgedreht.
Mein Mund ist ganz trocken. Ich hab alles vergessen, was ich sagen wollte.
Die Tür wird einen Spalt geöffnet.

Annika Thor

Annika Thor, geboren 1950, wuchs als Kind jüdischer Eltern in Göteborg auf. Sie arbeitete als Bibliothekarin und Sekretärin, bevor sie sich ganz dem Schreiben widmete. Heute lebt sie als freie Autorin in Stockholm und verfasst Romane, Theaterstücke und Drehbücher, meist für Kinder und Jugendliche. Sie wurde mehrfach mit Preisen ausgezeichnet, u.a. mit dem Deutschen Literaturpreis. *Ich hätte Nein sagen können* erschien in Schweden gleichzeitig als Roman und als Film (ausgewählt für die Berlinale 1998).

Louis Sachar
Löcher
Die Geheimnisse von Green Lake

Aus dem Amerikanischen von Birgitt Kollmann
Roman, 296 Seiten (ab 12), Gulliver TB 74098
Auswahlliste zum Deutschen Jugendliteraturpreis

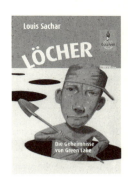

Die ganz unglaubliche, zum Weinen komische Geschichte von Stanley, der endlich den Familienfluch der Yelnats bannt. Hundert Jahre gab es kein Entrinnen: Was immer ein Yelnats anfing, es ging schief. Die Geschäftsidee von Stanleys Vater, gebrauchte Turnschuhe zu recyceln, war da nur das letzte Glied einer langen Unglückskette. Doch plötzlich winkt das Glück. Davor aber liegen: die Geheimnisse von Green Lake.

Louis Sachar
Survival Guide für Camp Green Lake

Aus dem Amerikanischen von Gerold Anrich
und Martina Instinsky-Anrich
128 Seiten (ab 12), Gulliver TB 74169 – lieferbar ab September 2009

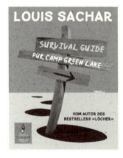

Wie überlebt man in »Camp Green Lake«? Stanley Yelnats – genannt »Höhlenmensch« – kennt die Antwort! Er weiß, wie hart das Leben dort ist. Man sitzt mitten in der Wüste fest, muss jeden Tag ein Loch graben, es wimmelt von giftigen Skorpionen und jeder Menge skurriler Typen. Doch Stanley hat Tipps und Tricks, um mit gereizten Betreuern und undichten Wasserflaschen fertig zu werden. Und er weiß, wie man das perfekte Loch gräbt und wie wichtig es ist, Freunde zu finden …

www.gulliver-welten.de
Beltz & Gelberg, Postfach 10 01 54, 69441 Weinheim

Elisabeth Honey
Ein wilder Sommer am Fluss und alles, was passiert ist
Mit Bildern von Elisabeth Honey
Aus dem Englischen von Heike Brandt
Roman, 208 Seiten (ab 10), Gulliver TB 78971

Henni und ihre Freunde aus der Stellastraße machen sich zu einem Abenteuer-Camping-Urlaub auf, mitten in der australischen Wildnis. Alle fühlen sich rundum wohl – doch dann passiert eine verrückte Geschichte nach der anderen. Die Kinder lernen den alten Jim kennen, und jemand versucht, sie mit allen Mitteln von diesem zauberhaften Ort zu vertreiben …

David Hill
Bis dann, Simon
Aus dem Englischen von Nina Schindler
Roman, 168 Seiten (ab 12), Gulliver TB 78308

Simons »eigenes Auto« ist ein Rollstuhl, und Nathan kommt ganz schön ins Schwitzen, wenn er ihn schieben muss. Simon hat Muskelschwund. Er wird immer schwächer und er wird an seiner Krankheit sterben. Aber das vergessen die Freunde manchmal. Dann sind andere Dinge einfach wichtiger: die Schule, die Mädchen, die Clique …

www.gulliver-welten.de
Beltz & Gelberg, Postfach 10 01 54, 69441 Weinheim

Carl Hiaasen
Eulen
Aus dem Amerikanischen von Birgitt Kollmann
Roman, 352 Seiten (ab 11), Gulliver TB 74106

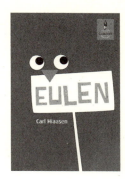

Roy ist neu in Florida und er hasst dieses flache Land und die Hitze. Dass der Widerling Dana Matherson es auf ihn abgesehen hat, macht es nicht besser. Doch hätte der ihn nicht gegen das Schulbusfenster gedrückt, hätte Roy auch nicht den barfüßigen Jungen wegrennen sehen ... oder Beatrice kennen gelernt. Und in die Sache mit den Eulen wäre er erst recht nicht verwickelt worden.

Carl Hiaasen
Fette Fische
Aus dem Amerikanischen von Birgitt Kollmann
Roman, 304 Seiten (ab 11), Gulliver TB 74007

Türkisblaues Wasser in den Florida Keys – oder weiterhin eine stinkende Kloake, in der Baden verboten ist? Noah und seine Schwester Abbey setzen alles daran, die Verbrecher zu erwischen, die das Abwasser eines Kasinoschiffs direkt ins Hafenbecken leiten. Schließlich sitzt ihr Vater deswegen unschuldig im Gefängnis ...

www.gulliver-welten.de
Beltz & Gelberg, Postfach 10 01 54, 69441 Weinheim

Dagmar Chidolue
Floraliebling
Roman, 192 Seiten (ab 12), Gulliver TB 78287

Für Flora gehört ihr Englischlehrer zu der unangenehmen Sorte Lehrer, gegen die man nicht ankommt. Aber sie hat eine Idee, wie sie sich an ihm rächen kann. Dabei gerät sie in eine äußerst peinliche Situation, aus der sie ausgerechnet nur Linsenmaier, der faule Hund, befreien kann. Und auch der fette Onko mischt kräftig mit. Dabei wollte Flora doch mit Alex Schwenke ins Kino gehen …

Christine Nöstlinger
Luki-live
Roman, 224 Seiten (ab 11), Gulliver TB 74002

Ariane fällt aus allen Wolken: Ihr bester Freund Luki ist nach den Sommerferien nicht mehr derselbe. Eine Persönlichkeit möchte er werden, sagt er. Er kramt alte Klamotten aus den Kleiderschränken seiner Familie, nimmt den Lehrern gegenüber kein Blatt mehr vor den Mund, nennt Ariane »mon amour« und küsst sie. Aber will sie das alles? Hat sie Schmetterlinge im Bauch?

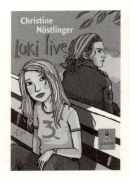

www.gulliver-welten.de
Beltz & Gelberg, Postfach 10 01 54, 69441 Weinheim

Boris Koch
Feuer im Blut
Krimi, 224 Seiten (ab 12), Gulliver TB 74053

München: Mark, Sandro und Bender hängen auf einmal mittendrin in den Ermittlungen zur Brandstiftung an der Sporthalle ihres Gymnasiums. Ein Racheakt des gegnerischen Mittelfeldspielers Nr. 6? Oder steckt der Sprayer dahinter, der die Schulwände mit seltsamen Botschaften beschmiert? Über www.schwarzlichter.com erhalten sie wertvolle Hinweise. Doch dann nimmt die Sache ungeahnte Ausmaße an …

Myron Bünnagel
Puppentanz
Krimi, 232 Seiten (ab 12), Gulliver TB 74051

Köln: Marie beobachtet einen Einbruch in die Puppenwerkstatt ihres Patenonkels. Damit schliddern sie, Peggy, Nick und Fatty mitten hinein in skrupellose Geschäfte. Geht es wirklich nur um Porzellanpuppen? Die vier nutzen ihr Internetforum www.schwarzlichter.com, um darauf aufmerksam zu machen. Doch vor allem für Fatty gewinnt die Sache plötzlich eine erschreckende Dimension …

www.gulliver-welten.de
Beltz & Gelberg, Postfach 10 01 54, 69441 Weinheim

Kathleen Weise
Code S2
Krimi, 224 Seiten (ab 12), Gulliver TB 74052

Leipzig: Ein mysteriöser Zahlencode wird Rene zum Verhängnis. Plötzlich verfolgt ihn ein Unbekannter. Doch was bedeuten die Zahlen? Auch Niklas und Johanna wissen keine Antwort. Kikki fragt die User von www.schwarzlichter.com. Die Hinweise von dort und ihre eigenen Erkenntnisse fügen sich zusammen – doch Rene schwebt längst in großer Gefahr ...

Anna Kuschnarowa
Spielverderber
Krimi, 200 Seiten (ab 12), Gulliver TB 74072

Berlin: Ahmad hat panische Angst, als er die harten Schritte hinter sich hört. Doch erst als Tom und Julia eingreifen, lassen die Neonazis von ihm ab. Sie drohen mit Rache. Wenig später stürzt während einer Theaterprobe ein Scheinwerfer auf die Bühne des Kulturzentrums. Ein Unfall? Die User von schwarzlichter.com sind skeptisch. Aber es kommt noch viel schlimmer ...

www.gulliver-welten.de
Beltz & Gelberg, Postfach 10 01 54, 69441 Weinheim